今夜、君と愛に溺れる

Yui & Kazuma

砂原雑音

Noise Sunahara

EB
エタニティ文庫

目次

今夜、君と愛に溺れる

プロローグ

男と女は、求めるものが違うのだという。

男は結果を、女はコミュニケーションを求めるのだと、昔テレビか何かで聞いたことがある。

男女の価値観のズレや、性別ゆえの感じ方、捉《とら》え方の違い。

それに気づかず口論すれば、当然答えが出ないままお互いにただ疲れるだけ。

つまり、簡潔に言えばこういうこと。

男は女心がわからない。

女も男心がわからない。

結局、互いに相手の言いたいことは理解できても、共感できないから納得もできないのだ。

カチカチカチカチ、と壁掛け時計の秒針が時を刻む。今まで、この男と一緒にいてこれ程その音が耳に障《さわ》ったことがあっただろうか。沈黙、無言という空間に縁がなかった、二人でいる時は。

何かを言わなければ、と気持ちばかりが焦ってくる。それは彼も同じようで、唇が躊躇《ためら》いがちに開いては閉じるを繰り返す。

私の指先を掴む彼の手に、きゅっと力が込められて数秒後……

「――――」

これまで散々彼に悪態をつかれてきたけど、この時のたった一言程胸に響いた言葉はなかった。

1　イベントの重要度

先日、誕生日を迎えた。

彼氏もおらず、ましてや平日ということもあって、友人や親からメッセージが届いた程度であっさり一日が終わった。

広瀬結《ひろせゆい》、二十七歳。

大学を出てすぐ、大手洋菓子メーカーに就職し、企画営業部に身を置き五年が経つ。

最初の一年は勉強ばかりだったが、二年目に初めて自分の企画が商品化した時は、とてつもない達成感があった。初めて試作品ができあがった時、パッケージの完成品が届いた時、自分の企画した商品を店頭で見つけた時——全て写真に収めて今もスマホのアルバムに残してある。

その時の記憶を支えに、今まで頭に浮かぶイメージを次々と企画書にまとめてきた。もちろん、その全部が商品化されたわけではないけれど、企画の仕事が楽しくて仕方なかった。

しかし近頃、調子は低迷気味だ。

いくつ企画を出しても中々通してもらえない。それどころか会議にすら上げてもらえずボツになったものもある。

今までも、決して特別飛びぬけた結果を出していたわけではないのだけれど、こうも上手《うま》くいかないことが続くと、さすがに気力も萎《な》えてくる。

この不調の原因に思い当たる節はあった。

昨年秋にあった人員入れ替えをきっかけに、オフィス内で行《おこな》った席替え。

仕事が上手《うま》くいかない理由を誰かのせいにするつもりはないけれど、私の調子がおかしくなったのは、明らかに彼が右隣に座るようになってからだ。

同期入社の来栖和真《くるすかずま》。

私は以前から、彼のことが好きじゃない。

すらりと背が高く、手足の長いモデル体型。整った顔立ちに、短く整えられた艶《つや》のある黒髪。

少し長めの前髪から覗く涼しげな目元そのままに、性格も実にクールな奴だった。

いつの間にか同期の誰よりも商品化に貢献している。昨年、彼が企画したバレンタイン商品はここ数年で一番のヒット作となった。そんな誰もが羨《うらや》む実績を、涼しい顔をして着々と積んでいる。

そんな男が隣にいれば、どうしたって劣等感が湧いてくるというものだ。

どんな仕事の仕方をしてるんだろう、と気になって気になって仕方がない。気がつけば、すっかり調子を狂わされてしまった。

そしてもう一つ、来栖を好きになれない理由が仕事とは別にあった。

見目が良く仕事もデキる、そんな男がモテないはずはない。

だが彼は、来るもの拒《こば》まず去るもの追わずで彼女が定着しない、というクールを笠に着たクズ男だったのだ。

「どうして仕事入れちゃうの!?」

定時間際、提出書類を総務に届けてオフィスに戻る途中のことだった。

私が廊下を歩いていると、ミーティングルームから責めるような女の声が聞こえてくる。あまり聞き覚えのない声からして、どうやら企画営業の人間ではなさそうだ。

「入れたんじゃなくて、入っちゃったものは仕方ないだろ」

相手の声は、来栖のものだった。

冷たいくらいに落ち着き払った声は、感情的になっている彼女にとって余計に腹の立つものだったのだろう。一瞬の沈黙の後、聞こえてきた彼女の声は少し震えていた。

「入っちゃったって……誕生日なのに！　前からずっと約束してたよね？　夜くらい空けられないの？」

「……夜は打ち合わせの後そのまま接待になる。忘れてたのは悪かった」

あああ。忘れてたって言っちゃったよ。

「忘れてたって……付き合って最初の誕生日だよ？　何度も言ったのに酷くない？　……仕事が忙しいのはわかるけど、それって私が言ってること全然頭に入ってなかったってことじゃないの？」

当然彼女は納得がいかないらしく、早口で捲《まく》し立てる。だけど来栖は、それっきり沈黙してしまった。

いやいや、そこで黙っちゃダメでしょ。

成り行きが気になってついドアの前で立ち止まり、立ち去れなくなってしまった。

誕生日だからって、無条件に自分の約束が最優先されると思うのは間違っている。けれど、付き合って初めての誕生日なら、確かになんとかしたいと思う気持ちもわかった。

それに、あれだよ。致し方なく仕事が入ったというならまだしも、「忘れてた」っていうのはまずいんじゃないですか、来栖くん。

ハラハラしながら、ドアの前で聞き耳を立ててしまう。沈黙を続ける来栖に、痺《しび》れをきらしたらしい彼女の言葉が続く。

「接待って何時に終わるの」

「わからない」

「わからないって、ちょっとは予測つくんじゃない？　私待ってるし」

「いつになるかわからないのに？　そんな無駄な時間使うなよ」

「無駄って……酷い。ちょっとでも一緒にいたいって思うから言ってるのに」

「……いちいち悪い意味に受け取るなよ」

「じゃあどういう意味よ！」

ついに彼女の声が、金切り声に変わった。

私はおろおろと周囲を見渡す。時刻はすでに定時を過ぎていて、通路に人は少ないけれど、まったくいないわけじゃない。

さすがにミーティングルームで痴話げんかをしてる、なんて知られたらまずいでしょ。

早く彼女を宥《なだ》めるのだ！　と言ってやりたいけど、口を出すわけにもいかないこの状況。

そして、ミーティングルームから聞こえてきたのは、この上なく重く長い溜息と——

「……めんどくさ」

ブリザード吹き荒れる一言だった。

いや来栖！　めんどくさいのはわかるけど、女はめんどくさい生き物なんだよ！

たとえ思っていても言っちゃダメな一言に、彼女の返事は言葉ではなかった。

パシーン！　と気持ちいい音が聞こえたかと思ったら、カツカツと荒々しいヒールの音がする。

あ、やばい！　そう思った時には、目の前のドアが勢いよく開き、私の鼻先を掠《かす》めた。

「うわっ！」

「きゃっ！」

向こうも驚いたのだろう。涙を浮かべた大きな瞳を、更に大きく見開いている。

なんと。総務の花、戸川菜穂《とがわなほ》チャンだ。

めちゃくちゃ可愛くて愛想がいいって聞いていたけど、すれ違いざまキッと強く睨《にら》まれた。

「サイテー！」という捨てゼリフは私と来栖、どっちに向けたものだろう。

私は偶然居合わせただけで、聞く気はなかったのよ！

そう弁解したかったが、彼女の背中はあっという間に角を曲がって見えなくなる。おろおろしながら彼女の消えた廊下の角を見つめていると、えらくドスの利いた低い声で名前を呼ばれた。

「広瀬……盗み聞きか？」

「違うわよ、通りかかっただけ！」

あんたまで失礼な！

確かに部屋の前で足は止まってたけど、わざとじゃない。だってあれは止まるでしょ。

「それより来栖くん、早く追いかけたほうがいいよ！」

来栖の顔を見れば、右頬に見事に赤く紅葉《もみじ》が咲いている。戸川菜穂はどうやら左利きのようだ。

「こういうのは、すぐに解決したほうがいいって」

今ならまだ追いつけるはずだ。だから早く、と来栖を急《せ》かすのだが、当の本人はひどく冷めた表情で床を見つめたまま動こうとしない。

「いや。いい、もう」

「は？　いいわけないでしょ、彼女でしょ!?」

「彼女ならなんでも最優先なのかよ？　もういいって」

いや、別にそんなことは思わないが。ただ彼氏なら、やっぱり放っておくのはまずいだろう。

「あんたの言い分もわかるけど、女ってのは追っかけてきて欲しいものでしょ」

後を追いかけてフォローして、ちゃんと話し合うべきだ。だが来栖は、その場にしゃがみ込んで背中を丸めてしまった。

いうなれば、吹き荒れていたブリザードが、ひゅるるると萎《しぼ》んでいくイメージだ。

「は？　え、ちょっと……どうしたのよ」

来るもの拒《こば》まず去るもの追わず。冷ややかな態度で彼女が定着しない……そんな「噂」を持つクールなクズ男。目の前のこれが、その来栖和真か？

「……疲れた」

一体何があった、来栖和真。

＊　＊　＊

たとえば来栖が噂どおりの男なら、私も「サイテー」と言ってあの場を離れていただろう。

いや、泣いて走り去った彼女を追いかける気がない時点でサイテーであることに変わりないのだが、全身で疲労感を表す男を放ってはおけなかった。

そんなわけで私たちは今、赤ちょうちんがぶら下がるオッサン居酒屋のカウンターに肩を並べて座っている。面倒くさがる来栖を無理矢理引っ張って来たので、彼の横顔は見事なまでに仏頂面《ぶっちょうづら》だ。

そういえば、来栖とはずっと同じ部署にいるけれど、こうしてプライベートで飲むのは初めてかもしれない。今までは、せいぜい忘年会で顔を見る程度だ。

「……こんなところ菜穂に見られたらマジで困るんだけど。あいつ、すげえ嫉妬《しっと》深いんだよ」

「大丈夫大丈夫、緩衝材《かんしょうざい》呼んどいたから」

「緩衝材《かんしょうざい》？」

私だって来栖と二人で飲むなんて冗談じゃないわけで、飲み友の同期をもう一人召喚した。訝《いぶか》しげな顔をする来栖を無視して、カウンター越しに瓶ビールを注文する。

「上手《うま》くいかない時は飲んで愚痴《ぐち》るのが一番でしょーが。最初の一本は奢《おご》ってやるわよ」

「お前、絶対面白がってるだろ」

「私だってそんな暇じゃないわよ！」

頬が引き攣《つ》ったのは、多少の図星もあったからだ。

だってあの、涼しい顔で次々企画を実現しちゃう来栖和真をだよ？　こんな風に弄《いじ》れる日がくるなど思わないじゃあないですか。

むすっとしたまま不機嫌さを隠さない来栖に、どうにか口を開かせようとビールを注《つ》ぐ。最初は話したがらなかった来栖だが、ビールが進むうちにぽつぽつと愚痴《ぐち》を零し始める。

結果、無口キャラだったイメージが見事に崩れた。

「そうは言うけど、毎晩毎晩、電話なんてできないだろ。今日は何食ったとか誰がどうしたとか、そんな話ばっかしてどうなんだよ」

「大切なのは話の内容じゃなくて、声を聞いたり話したりすることなんだって！　女はそういうもんなの！　別に毎晩小難しい話しろって言ってんじゃないんだから、電話くらいできるでしょうが！」

「できるできないの問題じゃねーわ、必要か必要ないかの話だろ！」

「だから、話をすること自体が必要なんだって言ってんでしょ！」

中々来ない緩衝材《かんしょうざい》。オッサン居酒屋のカウンターで、いつしか二人はヒートアップしていた。

私たちの言い合いのきっかけは、来栖のとある発言から。曰《いわ》く、来栖と彼女は現在付き合って三か月。最初の頃に比べて段々と増えてきた彼女の電話に、ほとほと疲れているらしい。

まあ、男というのは連絡不精《ぶしょう》なものだというし、電話も用件のみというタイプが多いのかもしれないが。もしかすると来栖は、それが少々極端なのかもしれない。

会社であれ程しつこく食い下がっていた彼女は、もしかしたら来栖のそういうところに普段から寂しさを感じているのではないだろうか。

「こっちだって仕事して帰って来て、いつでも愛想いい声ばっかり出してられないだろ」

うんざりとした重い溜息がカウンターに落ちた。

来栖の言い分もわからないでもないが、それでもこれまでの彼女が本当に最長三か月なら、明らかにこの男に落ち度があるように思えてならない。

なんだろう。決して極端な我儘《わがまま》を言ってるようには思えないのに、何かこう、納得がいかない気がする。

「でもさ。いい大人なんだから、感情的になってしょうもない別れ方する前に、ちゃんと話しなよ」

「わかってる。そのうち向こうから連絡してくる」

「それ！　そういうのよ！」

わかった、ようやく何に納得がいかないか掴めてきた気がする。

来栖を責めていた彼女は、確かに少々めんどくさい感じもあったが、一緒にいたいっていうのが第三者の私にも伝わってきた。

「普通さ、彼女を怒らせたらもうちょい焦るでしょうよ。なのにあんたが涼しい顔ばっかしてるから、彼女もヒートアップすんのよ！」

クール過ぎるのだこいつは、と結論付けようとしたところで、背後からポンッと背中を叩かれた。

「ヒートアップしてんのはお前だろ。つうか珍しい組み合わせだな、驚いたわ」

すっかり忘れていた緩衝材《かんしょうざい》がようやく到着した。来栖が後ろを振り向いて、驚いた顔をする。

「緩衝材《かんしょうざい》って、小野田《おのだ》のことか」

「そ。うちらよく一緒に飲むから」

商品開発部の小野田公一《こういち》。大学ではアメフトをやっていたという彼は、がっしりとした大きな身体をしているが、にかっと笑った顔はちょっと童顔。性格も穏やかなこの同期は、私の今一番気心の知れた飲み友達だ。

「遅いよ小野田ー」

来栖とは反対側の私の隣に座った小野田は、カウンターの中の店員に「ビール一つ」と声をかけてから、こちらを向く。

「悪い。電話中だったからメールに気づくのが遅れたんだよ」

「あ。苑子《そのこ》ちゃん？　もしかして今日会う約束だった？　だったらそっち優先でよかったのに」

「いや。彼女明日早いから、今日は会えないっつって。電話してたら長くなっちゃって」

小野田には、現在溺愛中の彼女がいる。でれっと鼻の下を伸ばした顔に、これだよと思った。ぐるん、と来栖を振り向くと、小野田の顔を指差した。

「これだよ！　あんたに足りないの、コレ！」

「来た早々コレ扱いだよ、俺……」

「……俺にこの顔をしろと」

私の意図するところをすぐに理解したらしいが、よっぽど受け入れがたいのか来栖の顔が複雑そうに歪《ゆが》んでいる。

「気持ちの問題！　そういう温度差って結構伝わるんだって。だから彼女も束縛気味になるんじゃないの？　あんたから会いたいとか言ってる？　電話したいとか？　言わないでしょ、絶対。傍《はた》から見ても、温度差感じるもん。彼女はもっと感じてるはずだよ、きっと」

「……温度差ねえ」

ぼそっと呟きつつ、何か思い当たる節でもあったのだろう。来栖は俯《うつむ》いて少し考え込むように、言葉を途切れさせる。そのタイミングで、カウンターの上に置いてあった彼のスマホが、断続的に振動を始めた。つい目を向ければ、画面には「菜穂」と表示されている。

「ちゃんと謝ったほうがいいよ。あのままはよくない」

「わかってるよ」

口うるさい奴だと言いたげな視線が飛んできたが、さっきみたいな冷めた投げやり感はない。来栖は席を立ちながら親指を滑らせスマホを耳に当てた。

「……菜穂?」

意識して、なのかもしれないけど、ミーティングルームで聞いた声とは比べものにならない柔らかい声でほっとする。

「いや、俺も悪かった。ちょっと待って」

席を離れて店の外へ出て行く横顔に、一瞬優しい微苦笑を見た。

「……なんだ。あんな顔もできるんじゃない」

「来栖は、確かにべたべたするタイプじゃないけどな。噂みたいに、次から次へ女をとっかえひっかえしてるわけでもないんだぞ」

「それはなんとなくわかったけど……あんなに喋《しゃべ》る男だとは思わなかった」

まあ、溜まっていた鬱憤《うっぷん》を吐き出していただけかもしれないけれど。

まともに来栖と話したのは、これが初めてだった。何しろ彼は、仕事中は無口でにこりともしない。これまで、挨拶《あいさつ》か業務上の連絡事項くらいでしか言葉を交わしたことがなかった。

「男同士で飲む時は結構喋《しゃべ》る奴だよ。けどあんなにヒートアップしてんのは初めて見たな」

「そうなの？」

　小野田から見ても珍しい姿だったらしい。

「つい色々口出しちゃったけど。あの感じだったら何もしなくてもすぐ仲直りしたかもね」

「いいんじゃね？　お前に吐き出してすっきりしたおかげかもしれないし」

「そうかな」

「広瀬は結構、世話焼きだよな」

「そんなんじゃないよ。興味本位でつい」

　クールな男の別の顔が見られると思って、ぐいぐい押し過ぎた。来栖には、きっといい迷惑だっただろう。

「無関心よりずっといいさ。俺は、広瀬のそういうとこいいと思うよ」

　小野田はこんな言葉を、飲み友達の私にもさらっと言ってくれる。天然か癒し系か知らないが、相手の欲しがる言葉を理解して自然と口にできる小野田はいい男だろう。

　比べて来栖は、あんなに女慣れしてそうな外見なのに、案外小野田よりずっと不器用な男なのかもしれないと思った。

三人で飲んだ数日後、来栖は彼女と無事に仲直りしたらしい。私のお節介もちょっとは効果があったのかな。案外素直なところもあるのだと思うと、来栖のクールなイメージが若干崩れた。

といっても、絶対零度から氷点下くらいの違いだけど。なにせオフィスでは、相変わらず口数が少ないので。

朝、オフィスに着いた私は、すでに隣に座っていた来栖に声をかけた。

「おはよ」

「おう」

戻ってきたのは、少しだけ砕けた挨拶《あいさつ》。そのおかげか、デスクの居心地が前程悪くないと思えるようになっていた。

パソコン画面を睨《にら》みながら、かち、かち、とマウスをクリックする。仕事に集中できるようになったからといって、そうそう仕事は上手《うま》く運ばないものらしい。私は次の商品企画に向けて、朝から延々と他社商品や去年の季節ものなどの画像を探し続けていた。

はー……と、思わず長い溜息を零した時、私と来栖の間で驚きの変化が起きる。

「……何悩んでんの。次の企画？」

ぽそっと静かな声が聞こえて隣を見た。来栖は自分のパソコン画面をまっすぐ見つめたままだが、今の言葉は私に向けて発していたはず……だよね？

「え……うん。クリームブッセの期間限定のテイストなんだけど。クリームの味だけじゃなく、ブッセ生地《きじ》の色も変えたいと思うんだけど、素材で迷ってて」

まさか来栖から声をかけられるとは思ってなくて、私は思い切り目を見開いてしまった。彼は相変わらずパソコンに向かったまま、ちらっと目線だけを向けてくる。

「季節もの？」

「じゃなくてもいいの。ただ、限定感は欲しくて」

「ああ……難しいよな。流行《はや》りの味はどこもバンバン出してくるし」

「そうなのよ、人気の味ってことは珍しくないってことだし……それをそのままやったって、結局は二番煎じでしょ？」

再びパソコン画面に視線を戻す。こめかみに指を当てながら再び思考をクリームブッセに集中させていると、再び来栖のぼそぼそ声が聞こえた。

「気分転換でもしてみれば？　画像やら文章やら情報ばっかり見てても、ダメな時は何も出てこないぞ」

「……わかってるけど、そんなしょっちゅう食べ歩きなんて行けないしさ」

「別に食べ歩きしろとは言ってねえけど」

即座に突っ込まれてしまった。

「私の気分転換は食べ歩きなの！　いいでしょ別に」

そんなの来栖の知ったこっちゃないだろうけどさ。

「そっちは何してんの？」

「新商品のパッケージとか？」

相談に乗る、という程でもない。ただお互いの仕事の進捗状況を話し合うような、仕事仲間なら普通にありそうな会話。だけど、来栖とは初めてのことだった。

そして、翌日。今朝は私のほうが来栖より先にオフィスに着いた。パソコンを起動させていると、来栖が出勤してくる。

「おはよ……え、何これ」

来栖から、無言でＡ４サイズくらいの紙の手提げ袋を渡される。中を見ると、個包装のお菓子がどっさり入っていた。

「限定ものの味とか季節ものとか、今出回ってるの集めてきた。食べ歩かなくても気分転換はできる」

「え」

「それに、パソコンで画像見るのと、実際に目で見るんじゃ、全然印象が違うだろ」

相変わらずにこりともしない。言うだけ言うと、来栖はそのまま自分のパソコンを立ち上げ、さっさと仕事を始めてしまった。

私は再び袋の中身に視線を落としてから、もう一度来栖の横顔を見る。

え。これってつまり、昨日私が悩んでたクリームブッセの企画のために、わざわざ集めてきてくれたってこと？

「あ、ありがとう。助かる」

「おう。俺はスランプの時、いつもそうしてるから」

そういえば、私も最初、ホントに何にもわからなかった頃はよくそうしていたっけ。

手提げ袋の中から、一個一個お菓子を取り出してデスクの上に並べていく。

そうするうちに、何だか擽《くすぐ》ったい気持ちになって自然と顔が緩《ゆる》む。私がニヤニヤしていると、隣から舌打ちが聞こえてきた。けれど、今の私にはまったく気にならなかった。

2　なんでもいいよ

私の中で来栖が『いけ好かない同僚』から『まあ普通の同僚』に格上げになって、一か月。

ある時、たまたま小野田と飲む日に、隣の席の来栖にも声をかけてみたことがあった。

てっきり断られるかと思っていたのに、彼はあっさりついてきた。

それ以来、週に一度、三人で飲むことが習慣になっている。

騒がしい居酒屋のカウンターで、今日も三人横に並ぶ。私と来栖に挟まれた小野田は、しょんぼりと背中を丸めていた。小野田は優しい性格なのだが、それゆえにか、彼女の苑子ちゃんを怒らせてしまったらしい。

「公一くんってなんでもいいよばっかり！　って急にキレられちゃって」

半分程空けたビールジョッキを両手で掴み、小野田は泣き言を零す。

「何食べたいって聞いても、いっつもそれだって。でも俺は、本当になんでもいいんだよ」

「なんでもいいって言っといて、後で文句言ったりとかは？」

「俺、そんなこと言うように見える？」

確かに。小野田は言わなさそうだ。苑子ちゃんの出したものなら、喜んで食べる姿しか想像できない。

「見えないねえ。来栖ならともかく」

「そこでなんで俺を引き合いに出すんだ、お前は」

つい比較対象として来栖の名前を出したら、即座に言い返された。けど、私の口も間を置かずに応酬する。

「だってあんた、『なんでもいい』って口癖になってそうなんだもん。そのくせ、作ったら微妙な顔とかしそうだし」

「はあ⁉　こっちの希望を言ったら『それはちょっと』とか言って、結局自分の希望を通すのは女のほうだろ」

「当たり前でしょ⁉　相手の食べたいものと自分の希望を出した上で、じゃあ何にしようかなって、あれこれ考えるのがいいんじゃない！」

それが会話でしょ。コミュニケーションでしょ！　どうしてこれがわからないかなあ！

徐々にヒートアップして声が大きくなる私に、来栖が男側の言い分をぶつけてくる。

「こっちは、無理やり脳内で即席ランキングつけさせられてんだよ。だったら最初から自分の食べたいものを言えばいいんだ。そのほうが男は楽なんだよ」

来栖の声は私程大きくないが、はっきりとした口調で早口に意見を並べ立てる。

なんだか、女子が会話でコミュニケーションを取ろうとすることそのものを否定された気がした。ここは黙ってはいられない、と私が言い返すより先に、小野田の突っ込みが割り込んでくる。

「お前らはなんで俺を挟んでヒートアップしてるんだよ」

呆れたような声に、言い返すのは私と来栖の両方だった。

「あんたの問題だからでしょ！」

「お前の問題だからだよ！」

元々は小野田の悩みが原因なのに、何を他人事《ひとごと》のように！　その思いは来栖も同じだったようで、二人の声が揃った。すると、小野田に仲がいいねと微笑まれ、二人揃って苦虫《にがむし》を噛み潰したような顔になる。

些細《ささい》なことでいちいち言い合いになるのが私と来栖。毎回板挟みになる小野田には悪いが、近頃はいいストレス発散になっていた。けれど大抵、飲み会の途中で来栖の携帯が着信を知らせる。

今夜も、また――

「菜穂？　ああ、今、同期で飲んでる」

着信音が鳴って、すぐにスマホを手に取った来栖はその場で二言三言会話を交わし、長くなりそうだと判断したのか席を立つ。店の外に出て行く背中を、小野田と二人で見送った。

「菜穂ちゃん、この頃ますます束縛激しくなった気がしない？」

「聞く限り、感情の起伏が激しいタイプみたいだなあ」

「菜穂ちゃんが、ねえ……」

好きな人相手には我儘《わがまま》になるタイプなのだろうか。だけど、来栖はあれきり、菜穂ちゃんのことで愚痴《ぐち》ってくることは一度もない。むしろ、その話にあまり触れられたくないようだった。

「大丈夫なのかな」

「自分で別れるなって言った手前、心配はしてんだ？」

「別れるな、とは言ってないよ。ちゃんと謝れって言っただけ！　……せっかく縁あって付き合ったんならさ、一時の感情で仲直りもできないまま別れるなんて悲しいじゃない」

頭に血が上《のぼ》った勢いで別れてしまうと、後から気持ちを残している側が辛くなる。

「え、ってか、別れそうなの？」

「どうだろうなー」

来栖と菜穂ちゃんは、三か月の壁を越え、現在四か月という最長記録を更新中なのだが。

「元々、女の話を楽しそうにする奴じゃないからわからん」

飲み仲間になってまだ日が浅い私と違い、入社当時から来栖と仲良くしていたらしい小野田も首を傾《かし》げている。程なくして戻って来た来栖は、やっぱり嬉しそうだとか浮かれてるだとかの要素が見えない顔で、溜息をついた。

「帰りに菜穂んとこ寄ることになったから、もう少ししたら行くわ」

「そうなの？」

「本当に同期と飲んでるのか、他に女がいるんじゃないかってしつこい。ここにはオッサンしかいないっていうのにな」

「オッサンって俺のことかよ！　同い年だろうが！」

オッサンと言われた小野田が憤慨しているのを、けらけら隣で笑っていたら、ばちっと来栖と目が合った。そして、うん、と頷かれる。

「やっぱりオッサンしかいねえ」

その中に私も含まれてるだと!?

「オ、オッサン女子で悪かったわね！」

「女子とは言ってない」

女にすら認定していただけませんでした！

ムカつきながらも反論できなかったのは、その自覚は十分にあるから。

性格は案外キツいようだが外見はふんわり可愛らしい菜穂ちゃんと違い、私は女子として見た目を取り繕《つくろ》う努力を明らかに怠《おこた》っている。

スーツはシンプルなパンツスーツが多いし、緩《ゆる》くなったパーマをかけ直すことなく、伸びた髪を後頭部で一つにまとめているだけだ。

そこでふと、こんな私を見れば、菜穂ちゃんも安心するのではないか、と思いつく。

「いっぺんここに菜穂ちゃん連れて来たら？　そしたら安心するんじゃない。オッサンしかいないことですし？」

オッサン扱いされたのを根に持った言い方になってしまったが、悪い提案ではないはずだ。

なのに、来栖はあからさまに顔を歪《ゆが》めた。

「は？　無理だろ」

「なんでよ？　別に毎回連れて来いって言ってるわけじゃないんだから」

一回連れて来たら安心するだろうって、ただそれだけのことなのに。

「こういう場に、彼女を連れて来るほうがしんどい。そういうタイプじゃないし、あいつ」

「えー、来たいって言うかもしれないじゃない」

「っつうか……お前、何気に菜穂の肩持つよな」

「えっ！」

ぎくっ、として、自分の頬が引き攣《つ》ったのがわかった。

いや、別に菜穂ちゃんの肩を持っているわけではない。ただ、古傷が痛むのだ。

私は女に冷たい男が苦手だ。だからつい、来栖に対しては喧嘩腰になってしまうのかもしれない。男と女の話となれば特に。

「別に。女側の意見として、思ったこと言ってるだけだよ？」

「ふーん？　まあいいけど」

「ってか、来栖がクール過ぎるのよ。好きだから付き合ってるんでしょ？」

上手《うま》く話を誤魔化したのだが、そこで来栖が首を傾《かし》げた。

「……わかんねーな、もう」

「えっ？」

「付き合ってくれって言われて……外見もタイプだし、感じも良かったからOKした」

「は？」

それって、別に好きでもなんでもないってことじゃない？

悪びれた様子のない言い方にカチンときて、来栖に向かって口を開こうとした。

だが、気配を察した来栖は、私が何か言う前にふいっと視線を逸《そ》らし、財布からお札を出して小野田に渡した。

「これ、飲み代」

「おー、適当に割っとくわ。広瀬は落ち着いて座れー」

小野田に腕を叩かれ宥《なだ》められる。その隙に来栖はさっさと退散してしまった。

「ちょっ、今の、好きでもないのに付き合ってるってことだよね？」

「あー……広瀬はそういうとこ、意外と頭固いよな。けど、別に普通じゃないか？」

まさか、小野田までそんな風に言うなんて信じられなくて、唖然とする。固まった私を困ったように見て、諭《さと》すような口ぶりで話を続けた。

「告白した相手が偶然自分のことを想ってて、実は両想いでした……なんて確率そうそうないだろ。仕事仲間とか知り合いならまた別だけど、ほぼ接点ない相手だし」

「それはそうだけど……だったら断るべきだったんじゃ」

「だから頑固いんだって。そこからスタートすることもあるだろって話だよ。自分が彼氏いない時に、そこそこタイプの男に告られたら迷うだろ？　逆に自分が告白するほうだったら、ちょっとでも可能性あるなら、断られるよりチャンスが欲しいって思うだろ」

「そっ……れは、そうかもしれない、けど」

「来栖だって、最初はいつももうちょい優しくしてるよ。けど、女のほうがすぐにそれ以上を求めるようになるから、互いに不満が溜まって別れる。その繰り返し。元が女にべったりってタイプじゃないから余計なんだろうけどさ、だったら告白してきた女も来栖の何を見て好きだって言ってきたのか、って話だよ」

　ここまで小野田が来栖の味方をするとは思わなかった。何か言い返そうと口を開くが、それより先に小野田が続ける。

「来栖の態度は褒《ほ》められたものではないかもしれないけどさ、お互いさまだろ。結局のところ、惚れられた側が相手の望む程には好きになれなかった、ってだけの話だ」

　返す言葉が見つからなかった。反論できるだけの材料が、私の経験の中にはない。むしろ……小野田の意見を裏付けるような記憶が脳裏に浮かび上がってくる。

　そうか。

　そういう、ものなのか。

特別酷いことを言われたわけじゃない。だけど、ガンッと強く頭を殴られたみたいな衝撃を受けた。

告白したら両想いだったなんて幸運は、そうそうない。

たとえ両想いになったとしても、想いの強さは同じじゃなくて、ただ「付き合っている」という事実があるだけ。……私はそれがわからなかったから、失敗したのかもしれない。

「おーい。広瀬？　どうしたー？」

「……別に。だったら菜穂ちゃん、可哀想だなって思っただけ」

「恋愛なんてそんなもんだろ。上手《うま》くいくにしろいかないにしろ、どこかで誰かが泣くようにできてるんだよ」

――育ってもいない『愛』を求めるな。

耳に蘇《よみがえ》る低い声。とっくに忘れていたはずのその声に、なじられたような錯覚に陥《おちい》る。

来栖の顔とかつての恋人の顔が重なって、胸の奥の古傷が痛んだ。

＊　＊　＊

今から二年程前。私は恋をしていた。

私の進める企画の打ち合わせで何度か会った、商品開発部の二つ年上の人だ。落ち着いた大人の雰囲気の彼にあこがれ、告白して付き合うことになった時は本当に嬉しかった。

けれど、その喜びはすぐに寂しさに変わった。

私は何の疑問も持たず、会いたいのは向こうも同じだと思い込んでいた。私が電話で話したいと思うように、向こうも話したいと思ってくれていると、当たり前みたいに考えていたのだ。

彼はあまり、恋愛に重きを置くタイプではなかったのに。

かつての私は、菜穂ちゃん程激しくはなかったけれど、電話に出てくれない彼に寂しさを募《つの》らせていた。そのうち、仕事の後は何をしてるのか気になって仕方がなくなり、会ってくれない彼に不満を溜め込むようになっていった。

「仕事がしづらくなるから、周りには内緒にしておこう」

彼にそう言われていたことが、余計に私を不安にした。

そんな溜まりに溜まった気持ちが、全部表情に出ていたのだろう。

「不満があるなら、もういい」

中々デートの日程が合わないことで私が膨れた時、いきなり告げられた一言。

そのたった一言で私たちは終わった。

多分、彼にもそれまで蓄積させていた不満があったのだろうと、今ならわかる。

当時の私は、元カレにとっては面倒くさい存在でしかなかったのだろう。最初は違ったのかもしれないが、いつの間にか、そういう存在になってしまった。

それなのに私は、好きな人と付き合えた事実に舞い上がるばかりで、彼との温度差に気づかなかった。気づかないまま不安になって、その言動で彼からの評価を下げてしまった。

小野田が言ったことは、きっとそういうこと。

もちろん、あの二人は私の過去の失恋など知らないだろうけど、もしも知ったら、面倒くさい女と思われるのだろうか。

そう考えたらなんとなく気が乗らなくなって、私は週一回の恒例の飲み会から足が遠ざかるようになってしまった。

＊　＊　＊

その日も私は、デスクでダカダカダカとキーボードを叩いていた。

気持ちと裏腹に仕事はなんだか調子がよく、今なら上手《うま》く企画書がまとまりそうな気がする。私は、余計なことを考えず、ひたすら企画書作りに没頭していた。

右隣から、時折、物言いたげな視線が飛んでくるけれど、気づかないフリを貫く。

「……最近、付き合い悪いよな」

「あー、ごめん。ちょっと仕事がいい感じに集中できてて」

っつうか、まさか来栖からこんな風に言ってくるとは驚きだ。ついこの間まで、挨拶《あいさつ》と業務連絡しか交わしていなかったとは思えない。しかも仕事中の会話なだけに驚きは二倍だ。

「そんだけか？」

「そうだけど？」

「……小野田が、気にしてた。あの日、俺が帰った後、なんの話してたんだ？」

どうやら、来栖が気にかけているのは、私ではなく小野田らしい。

多分、小野田は私が飲み会に行かない理由に見当がついているはずだ。でもその内容を、来栖には話していないようで、ほっとした。

「大した話はしてないよ。ちょっと見解の相違というか考え方の違いというか？　はあったけど、でも別に、それが理由ってわけでもないし」

カタカタカタ、とキーボードを叩きつつ、目はまっすぐパソコン画面に向けたままそう言った。

「……今週の金曜は？」

「あー、わかんないかな」

「新人歓迎会」

「げ」

忘れてた。

この四月に入社した新人の歓迎会があるんだった。

「……すっかり忘れてた」

「ほんとに余裕ないのか」

ただ単に記憶から抜け落ちていただけなのだが、上手《うま》く誤解してもらえたらしい。付き合いの悪さをここぞとばかりに便乗させて、私はこくこく頷いた。

「歓迎会は参加にしてあるよ」

「小野田が言い過ぎたって気にしてたから、連絡入れるかなんかしてやれよ」

「別に気にすることないのに。もっと言いたい放題の奴が隣にいるしねえ」

来栖を引き合いに出して冗談ぽく誤魔化した。

「お互いさまだろ」

「そうだよ。だから小野田にも気にしないでって言っといて」

小野田は悪くない。

たまたま言われたことが、私の古傷に触れただけのことだ。

「次会った時にお前から言ってやれよ」

今回は企画営業部の歓迎会だから、小野田は来ない。

キーボードを叩く手を止め……私はこっくりと、素直に頷いた。

「次は行くよ」

小野田や来栖と飲むのは好きだ。来栖と忌憚《きたん》なくものを言い合うのも嫌いじゃない。

それを失うのは嫌だと思った。

ここ二年程人員の入れ替わりがなかった企画営業部だが、この四月から一人、若い男の子が配属され、無事研修期間を終えての歓迎会となった。

店は会社近くにある全国チェーンの居酒屋の奥座敷だ。このところ小野田と来栖とばかり飲んでいたが、別に女性社員と交流がないわけではない。私は部署で仲のいい女性数人と一緒に、テーブルの一番端を陣取った。

「結、まだ企画頑張ってんだって？」

そう言って私にビールを注《つ》いでくれたのは、二年先輩の和田《わだ》さん。今となっては企画営業部のお局《つぼね》さまだ。ありがたく、グラスを両手で持って頂戴《ちょうだい》する。

この部署の女性社員は全体の半分くらいだが、どちらかというと市場調査や資料集めを中心とした仕事が多く、私みたいに中々通らない企画書をネチネチ作り続けている女性社員は少ない。

「頑張ってますよー、中々通らないですけどね」

「よく、くじけないもんだと感心するわ」

「特別この仕事が好きってわけでもないんですけど……やっぱり会議に通ると嬉しいので」

「私、まったく興味ないわけじゃないんですけど、企画書を見てもらうのが恥ずかしいというか怖いというか……人に見られるのって緊張しません？」

自信なさげな声でテーブルの向かいから聞いてきたのは、二つ年下の後輩だ。

確かに慣れるまでは緊張どころの話ではなかったな、と入社したての一年目の頃を思い出す。この期間に諦めてしまう人間が結構、多い。

「まあ……慣れ、かな」

「えー」

「こんな企画書いてきてアホか、みたいな目で見られるのも、そのうち慣れるから」

私だって涙も汗も散々流したし、顔が真っ赤になるような経験もたくさんした。一度の失敗でいちいちメンタルをやられてる時期は、とっくに通り過ぎてしまっただけだ。

まだ若い女子二人には理解し難いようで、眉尻を下げている。

「えええええ」

「クソ度胸があんのよ、この子は。だから、一目置かれんの」

「えー、なんですかそれ」

和田先輩の言葉に苦笑いを浮かべて、私はビールを呷《あお》った。

「男性社員から、こいつは諦めが悪いって思われてて」

「いやそれ、一目置かれてるって言います？」

どこにも一目置かれる要素がない。と、思っていたら。

「女子からは敵視されたり。特に最近、あんた来栖くんとよく飲みに行ってるでしょ？」

どうやら和田先輩は、この話をしたかったらしい。

何やら社内で、来栖のことを引き合いに出して私を悪く言う人間がいるらしい。

「二人でじゃないですよ、小野田も一緒だし」

敵視される要素などどこにあるというのか。

「それでも、一部の女子たちは気に入らんのよ。まあ、その中心は戸川菜穂だけど」

「え……」

驚いて、ツマミに伸ばしかけていた箸《はし》が止まる。すると向かいの二人が、憤慨した様子で声を上げた。

「そうですよ、実際言ってるのは戸川さんの周囲の人間だけど、それを言わせてるのは彼女に決まってます」

「え、言ってるって何を？」

「……広瀬さんが、来栖さんを誘惑してるって」

「……ゆ？」

誘惑って。

あの赤ちょうちんが揺れるオッサン居酒屋で？

あまりに突拍子《とっぴょうし》もない話に呆気にとられていると、より辛辣《しんらつ》な言葉が和田先輩の口から飛び出した。

「仕事に行き詰まって結婚に逃げたいオバサンが、人の男に色目使ってむかつくって吹《ふい》聴《ちょう》しまくってるよ」

「おば……」

大きな衝撃を受けて、私の手から箸《はし》がころんと転がり落ちた。

「私たちはそんなこと全然思ってませんからね！」

「え、同じ二十代なのに、私オバサンって言われるの？」

来栖と小野田にはオッサン扱いされ、若い子たちにはオバサン扱い……

さすがに女子として、なんか色々まずい気がする。

「さすがに枯れ過ぎ？　女子力ってどうすれば身につく？」

「広瀬さん、論点がズレてます」

そうじゃなくって！　と向かいの後輩たちがヤキモキする中、私の隣に座る和田先輩はゲラゲラ笑っていた。

「笑いごとじゃないですよ、後三年もすれば同じ年になるのに、よくもそこまで人を馬鹿にできますよね。若いってすごいなー」

「その時には、私もあんたも更に上だからよ。自分を基準にしか人を見てないんでしょ」

「もー、二人とも年の話から離れてくださいって！　そうじゃなくて戸川さんには気をつけたほうがいいってことです。そのうち、今以上にあることないこと言われますよ」

気をつけたほうがいい、と言われても、誘惑なんて身に覚えのないことを言われているのだから、どうしようもない。それに、ここ数回は飲み会をキャンセルしてたってのに……。

でも、それくらい戸川さんも不安なのかもしれない。

飲んでいる時、来栖は彼女からの電話には必ず応対していたけれど、いつもあまり嬉しそうな顔をしていなかった。他人事《ひとごと》とはいえ、どうしても気になってしまう。上手《うま》くいっているようには、とても見えないのだ。

相手を問い詰めたり、自分の気持ちを押し付けたりするのは逆効果だ……と、過去の痛い経験からつい心配をしてしまった時だった。

座敷の襖《ふすま》が開く音がして、自然とそちらに目がいく。

「こんばんはぁ。ここで飲んでるって聞いて、ちょっと覗きに来ちゃいました」

件《くだん》の戸川菜穂が、笑顔で入ってきた。

「え……」

私たちは、驚いて顔を見合わせる。

だが、男性陣は歓迎ムードで彼女を迎え入れた。

「おー！　戸川さん。彼氏に会いに来たの？」

「いえ、私も友達と近くで飲んでて。せっかくだし、ちょっとだけ顔を出してみようかなって」

そう言って肩を竦《すく》める姿は実に可愛らしい。申し訳なさそうに周囲にぺこぺこと頭を下げつつ、それでもしっかり座敷の中を来栖の席に向かって進んでいく。それを見た後輩が、テーブル越しに私と和田先輩へ顔を寄せた。

「わー……普通、他部署の飲み会に乗り込んで来ます？」

「……あんたのこと牽制《けんせい》しに来たんじゃない」

「え、いや……えー？」

マジで？

そんなことしたら絶対逆効果だ。来栖を見ると案の定、これ以上ないくらいに不機嫌な顔をしていた。いや、不機嫌なんてものじゃない。こんなに険しい表情は見たことがない。

「お前、何しに来たんだよ」

「だって、ほんとに近くで飲んでたんだもん。だからちょっとだけ顔を見に来たの……」

「だったらもういいだろ、帰れ」

強い拒絶の言葉にびくっと、怯《おび》えた顔を見せた彼女に、一瞬気まずそうにしながらも来栖は言葉を撤回しようとはしない。そこへ周囲の男性陣からフォローが入った。

「おいおい来栖、照れんなって！」

「戸川さんも来栖の隣に座って。なんか飲む？」

「あ、いえ！　私はほんとに」

「どうせ飲み放だし。もし怒られたら来栖が出すって。な！」

そう励《はげ》まされて、いそいそと彼女は来栖の隣に座る。来栖もこれ以上波風を立てては、周囲に迷惑をかけると考えたのだろう、何も言わなかった。

「来栖さん、ちょっと怖いですね」

「いやでもあれは、来栖くん悪くないでしょ。違う部署の飲み会に彼氏がいるからって来る？」

来栖の不機嫌っぷりに、さっきは戸川さんを非難していた後輩の一人が少々同情的になった。しかし和田先輩ともう一人の後輩は容赦ない。

「周りの男の人が情けないです。あんな風にご機嫌取っちゃって」

「あれは、飲み会の空気を悪くしないための気遣いでしょ。……戸川さん、勢い込んで来た割にびびっちゃってるしね」

和田先輩が言ったとおり、戸川さんはどこかおどおどとして見えた。不機嫌さを隠さない来栖の表情を窺《うかが》って、小さくなっている。あの日、ミーティングルームで来栖を引っ叩いた人とは思えない。戸川さんがビールを注《つ》いだり話しかけたりすればする程、来栖の顔から表情が消えていく。

心配のあまり、つい二人の様子をじっと見つめていたら、来栖とばちっと目が合った。な、何？

見てたのはこっちだけれど、数秒視線が動かなかった。それから来栖は、面倒くさそうに眉を寄せた後、ぷいっと戸川さんのほうを向いた。

何か、言いたそうだったけれど……来栖はそれきりこっちを見ることはなかったので、首を傾《かし》げつつ私も視線を戻す。

「まあ、あの二人のことはいいんじゃない。こっちはこっちで飲もう」

あんまり気にし過ぎるのも、向こうにとってはいい迷惑だろうし。

「でも、知らないところで陰口を叩かれてるなんて腹が立ちません？」

「まあでも、実際に見たらわかるでしょ。私と来栖の間に同僚以上の感情はないって」

それに、私が何か反応すれば、余計に相手を刺激しそうだ。知らないフリでいるのが無難だろう。

「それよりさ、今考えてる企画のことで――」

やや強引に仕事の話を持ち出し、来栖と戸川さんの話は終わらせることにした。

座敷内は各自勝手に盛り上がり、少々ビールを飲み過ぎた私はトイレに立った。

「広瀬さんっ」

トイレを出てすぐのところで声をかけられ、驚いた。

「戸川さん？」

戸川さんが、にこにこと私に向かって笑っている。

「あ、お手洗ですか？　どうぞ」

道を塞《ふさ》いでいた私は、少し身体を斜めにして彼女に道を開けた。だけどトイレに用はないらしい。

「広瀬さんとお話ししたくて」

……なぜに。

笑うしかなく、首を傾《かし》げていると、彼女がぺこっと勢いよく頭を下げた。

「先日はすみませんでした！　恥ずかしいとこをお見せしちゃって」

それは間違いなく、ミーティングルームでのあの出来事のことだろう。

「ああ、いや。別に？」

戸惑いながらも気にしてないと手を横に振ると、彼女は本当に申し訳なさそうに肩を竦《すく》めて小さくなった。

「ほんとにごめんなさい、感じ悪かったですよね、私」

「大丈夫よ、全然。彼氏がクールだと色々心配になっちゃうよねぇ」

「そうなんですよぉ！　あの日だって、せっかく和真さんの誕生日を一緒にって思ってたのに、忘れてたなんて……」

「え、あなたの誕生日じゃなくて？」

「違います！　和真さんの誕生日です！」

私はてっきり戸川さんの誕生日を忘れたのかと思ってたよ。だとしたら、来栖は自分の誕生日をすぽんと忘れて仕事を入れちゃっただけで、平手打ちされたってこと？

いや、でも彼女はお祝いしたくて色々準備してたのかもしれない。うん。きっとそうだ。

「あんまり、和真さんが冷たくて……もしかしたら他に女の人がいるんじゃないかとか、疑っちゃって」

「あー、不安になるよね。うん」

うるっ、と目を潤《うる》ませた彼女を見ると、なんだか気の毒になってつい同調してしまう。

「ありがとうございます、広瀬さん優しい……」

「いや、そんなことないけど。でも、来栖くん、なんだかんだでいい奴だし、そんな二股とかするタイプじゃないと思うよ」

むしろ面倒くさくてしないタイプだろう……というのは、心の内にしまっておいた。

「勇気を出して謝りに来てよかったです。これから、色々相談に乗ってもらえますか？」

「ええっ!?」

「お願いします、和真さんと親しい同僚で女の人って広瀬さんしか思い浮かばなくて……最近、同期会とかでよく一緒に飲んでますよね？」

「あー、うんまあ。あ、小野田も一緒にね。商品開発部の」

両手をぎゅっと胸の前で組み、目を潤《うる》ませて詰め寄られる。だけども、来栖の性格を考えると、これはきっとまずい気がする。

絶対嫌がりそう、と思っていたら……

「菜穂。何やってる？」

眉を顰《ひそ》めた来栖が、座敷からこちらへ歩いて来るのが見えた。私をちらっと見た後、その目が戸川さんに向かう。

「もう帰れと言っただろう」

「ちょっと、この間のことを謝ってただけよ。すぐ帰るから」

どうやら来栖に促《うなが》されて帰るところだったようだ。戸川さんは拗《す》ねた声で答えたものの、中々その場から動こうとしない。その様子に来栖が溜息をつく。

「帰りに寄るから」

「ほんとに？　じゃあ待ってる」

それでようやく納得したのか、彼女はちょっと嬉しそうに笑った。

「すみません広瀬さん、お先に失礼します」

「あ、はいはい。お疲れさま」

笑顔で手を振る彼女を見送って、背中が見えなくなったところで、また溜息が聞こえた。

「はは。お疲れ。またけんかになるのかとヒヤヒヤしちゃった」

「あー……最近は、そうでもない。あれから一回話して、あっちも感情的にならないようにしてる。俺も」

「そうなの？」

意外だった。余程私が驚いた顔をしていたのか、来栖はむすっとした顔で言った。

「……いい大人がろくに話し合いもせず感情的になって別れるのはよくないって、お前が言ったんだろ。そのとおりだと思ったから」

ますます驚きだった。まさか私がした忠告を、聞き入れてくれているとは思わなかった。

ぽかんと来栖を見上げていると、仏頂面《ぶっちょうづら》で睨《にら》まれる。

「忘れてたんだろ」

「いや！　違うよ、覚えてるけどびっくりしたの！　てっきり適当に聞き流されているものだと」

でも、もしそれで二人の距離が近づくなら、小野田が言っていたようにスタート地点が違っても恋に繋がる希望が持てる。だけど、なんだろう……

来栖の横顔を見ると、やはりどこか冷めていて。

「……それでも、どうにもならないものってあるよな、やっぱ」

「え？」

「温度差って、お前は言ったけど、意識してどうにかなるものでもないんだよ」

知らず、きゅ、と胸が苦しくなった。

どんなに足掻《あが》いてもどうにもならない、人の気持ち。

それを責めることはできないのだと、第三者の目で見ればよくわかる。

何も言わない私に来栖が言った。

「そう言ったら、お前は怒るかと思った」

「……どうにもならないものなんでしょ？」

きっともう、来栖の中では答えが出ているのかもしれない。なら、外野がとやかく言うことではないだろう。座敷に戻ろうとして、後から追ってきた来栖に尋ねられた。

「さっき、菜穂になんか言われたのか」

「何も言われてないよ、謝ってくれただけ」

「ならいいけど」

座敷までの通路は狭くて、来栖は私の後ろを歩く。彼女に冷ややかな来栖に、同僚の私が気遣われている状況がなんとなく気まずくて、顔が見えなくてよかったと思った。

私は自分が女だからか、好きになるのがいつも自分からだったせいか、闇雲に相手へ気持ちをぶつけたくなる衝動があることを知ってる。私が会いたいと思う分だけ、相手にも返して欲しいと思うし、それが空回ってどうにもならなくなる気持ちもわかる。どうして同じように想ってくれないんだろうって、苛立って悲しくなって、頭に血が上《のぼ》る。

だから戸川さんは、来栖の近くにいる私を敵視するのだろう。

そう思うと、彼女に対して本気で怒る気にはなれなかった。

3　別れ方、始め方

朝礼が終わってすぐのことだった。来栖と一緒に課長にちょいちょいと手招きされた私は、中々に屈辱的な仕事を振られた。

のだ。

秋用のコンビニスイーツの企画を任された来栖のアシスタントを、私に務めろと言う
私が！　アシスタント！

ムカムカしながらデスクまで戻り、乱暴な仕草で椅子に座る。そんな私に対して、来栖は至って涼しい顔だ。得意げな顔をしたり嬉しそうにでもしていれば、少しは可愛げがあるものを。

「ってか、この企画、私も名乗り上げたのに！　また負けた！」

「勝ち負けじゃないだろ。いちいち張り合うなよ、めんどくせぇな」

「勝ち負けじゃなかったら何なのよ」

「これまでの実績も鑑《かんが》みると、俺のほうが今回の企画に合ってただけだ。その次にお前のが合ってたからアシスタント」

……どう考えても勝ち負けの結果でしょうが。

パソコン画面を睨《にら》んでキーボードを叩いていると「こっち向け」と言われてつい素直に従う。すると、こんっ、と来栖の拳《こぶし》が眉間に当たった。

「すげーシワ」

「ちょっと、何すんのよ！」

「今日中に、今持ってる他の案件片づけとけよ。夜に打ち合わせするからな」

わかってますよ。

だから今、急いでやってるんじゃないの。

「って、夜？」

「飯食いながらやろう。時間が惜しい」

「え」

飯食いながらって、打ち合わせになんの？

疑問に思うものの、来栖はさっさと自分の仕事を始めてしまったので、仕方なく私もパソコンに向き直る。

来栖との仕事以外の案件を粗方片づけ終える頃には、すっかり定時になっていた。打ち合わせはミーティングルームですればいいのに……と思ったが、腹が減ったと言う来栖に連れられて、いつもの居酒屋に行くことになった。

一応ミーティングなので、近頃定位置となっているカウンターではなく座敷を借りる。

なんとなく、居心地が悪い。

「すみませーん、ビール二本と大根サラダ、揚げ出し豆腐と小エビの唐揚げとー、あ、あと枝豆！」

案内してきた店員にまずは適当に注文を済ませてから、仕事の話を切り出した。

「とりあえず去年の秋の傾向とか、参考になりそうな資料を集めるのは私がやるから」

「ああ。俺が持ってる資料とかは、さっきお前のパソコンに飛ばしといたから」

今回の企画は、コンビニ限定で九月に発売される洋菓子で、期間も年内までと決まっている。冬商品と入れ替わりになるから、秋の味覚に絞ってしまったほうが消費者の興味をひくはずだ。

来栖としては、三つくらい味のラインナップを揃えて消費者が選べるようにしたいらしい。

なるほど、それなら、まず一つ買って美味《おい》しいと思ってもらえたら、また次の味も試してもらえるかもしれない。

「明日見る。秋っていえば、さつまいもとか栗だけど、私モンブランが好きじゃないんだよね」

「俺も」

「……マジで？」

芋、栗といえばモンブランは鉄板。どうやら秋の企画に向かない二人が選ばれてしまったらしい。先行きがとても不安だ。

「ってか、外には企画書も資料も持ち出せないんだから、打ち合わせは明日でいいじゃん。小野田呼ぼうよ」

仕事の打ち合わせとはいえ、二人きりで飲んでいたことが戸川さんに知られたら、何を言われるかわかったものじゃない。

急いで小野田に召喚のメッセージを送っていると、なんの脈絡もない言葉が飛んできた。

「別れた」

やけに唐突に聞こえる来栖の呟きだったけれど、もしかすると彼は、私が何を気にしているのか察したのかもしれない。

「え……そうなの？」

そう言いながら、本当はなんとなく想像がついていた。先日の、戸川さんが突撃してきた新人歓迎会。あの時には、彼の中で別れることを決めていたんだろうと。

「大丈夫？」

「話し合ってなんとか。お前、菜穂のこと気にしてたから、一応報告しとく」

「うん。……たった一言で簡単に終わりにされるのって、結構しんどいからさー。でも、話し合って決めたんなら、仕方ないんじゃないかな」

責めるつもりはないのだが、ついしんみりとしてしまう。だけど、当人でもないのに私がそんな雰囲気を漂《ただよ》わせていれば、来栖のほうが気まずいだろう。

よし、飲もう。こういう時は酒に限る、と瓶ビールに手を伸ばす。来栖のグラスにも注《つ》いでやろうとしたら、彼がじっと私を見ているのに気がついた。

「何？」

「じっと見てるから。私、何か変なこと言った？」

するとと無意識だったらしい来栖は、はっと目を見張って目の前の枝豆の小鉢に視線を落とした。

「いや。別に」

そう言った彼は、どこかぼーっとして見える。なんだかんだ言いつつ、来栖もダメージを受けているのかもしれない。

さて、何と言って励《はげ》まそうか。私は言葉を探しながら、来栖のグラスにビールを注《つ》いだ。

「……同じ女でも、随分と違うもんだ、と思って」

「は？」

どういう意味よ？

ビールを注《つ》ぎ終え、グラスから来栖へと目を向ける。すると彼はテーブルに頬杖をついた姿勢で、また私に視線を戻していた。それで気づいたのだ、彼が誰と誰を見比べたのか。

「ちょっと、総務の花と私を比べないでよ」

こちとらオッサンだなんだと言われて、花になんて喩《たと》えられたこともない。それを、あんな可愛らしい彼女と比べられては……いや、相手が誰だろうと比べること自体失礼だ。

「どうせ私は雑草ですよ！」

「別にそんなこと言ってないだろ」

「うそ。しみじみ見てたじゃん。言っとくけどねー、いくらオッサンみたいだからって、これでも女なんだからね。人と比べるなんて無神経だから」

まあ女心のわからない来栖らしいけども、と内心で苦笑しながら自分のグラスにもビールを注《つ》ぐ。一口飲むと、少しぬるくなったそれは口の中でひどく苦く感じた。

さすがに女子力の高い戸川さんと比べられたら、傷つく。

私だってその程度には繊細なのだ！

ちょっとは気を使え、と冗談めかして言ったら、なぜか来栖はむっと不機嫌になった。

「そうだな、比べてた」

「やっぱり」

潔《いさぎよ》く認めたな。仕方ないから笑い飛ばしてこのまま聞き流してやろうと思ったら、来栖が正面からじっとこちらを見据えてくる。その目が何かもの言いたげで、笑い声は喉の奥に引っ込んでしまった。

どうしてそんなに私を睨《にら》むのか。

戸惑っていると、来栖が目を逸《そ》らさないままぼそりと言った。

「案外女らしいところがある」

「……うん？」

突然そんなことを言われて眉を顰《ひそ》めたが、どうやら戸川さんのことを言いたいのだろうとすぐに理解した。

いや、案外じゃなくて。戸川さんは最初っから女らしいでしょうが。

日本語の使い方がおかしくないか……と、私はちょっと首を傾《かし》げつつ枝豆に手を伸ばす。

それにしても、比べるなと言ったそばから戸川さんを思い起こすということは、やはり来栖もそれなりに考えるところがあるのかもしれない。

しょうがない、聞いてやるかと話の続きを促《うなが》すことにした。

「女らしいって、やっぱ仕草とかかなあ」

「いや、仕草ってより……優しさが柔らかい」

「ふぅん……抽象的なこと言うね」

戸川さんもいいとこあるんだな。それでもやっぱり、『好き』とは違うということなのか。

「普段からガンガン余計なこと言ってくるのに、人のことになると更に感情的になってもの言うし」

「へえ」

　ぷちぷちと枝豆を二つ出して口に入れると、視線を感じた。正面を見ると、また来栖がこちらを見ている。しかも今度は、なにか不可解なものを見るような目つきをしていた。

「何？　聞いてるよちゃんと」

　話を聞けと言われてるのかと思ってそう伝えると、来栖は続きを話し始めた。

「他人のことなのに、なんでだよっていうくらい感情移入することがある」

　ぐっと上半身をこちらに乗り出してくるところは、なんだかムキになっているように見えて若干引いた。反射的に背を反《そ》らし、距離を取る。

「う、うん？」

「……そういう優しさは、女らしいと思う」

「うん……いい子じゃん」

　それでも別れるって、いい子であっても恋にはならなかったということなのか。恋とは、やはり奥深い。

　切ない気持ちを抱えて来栖を見つめながら、枝豆をまた口に入れる。

「で、菜穂ちゃんの何がいけなかったのよ？」

　口をもぐもぐ動かしながらそう言うと、来栖はなぜか愕然《がくぜん》とした表情で私を見つめた。

　そして数秒後、何かひどく疲れた様子でがっくりと肩を落とす。

「ちょっと、さっきからなんなのよ」

「いや。ここまで言ったら、さすがにわかると思ったのに、予想より遥《はる》かに伝わらん」

「意味がわからないんだけど」

その時、からっと襖《ふすま》が開いて、大皿を二つ持った店員が入って来た。

「小エビの唐揚げと大根サラダ、お待たせいたしましたー！」

「ありがとうございまーす。ビール一本追加お願いします」

料理を受け取るついでに追加のビールをオーダーする。

「すいません、冷酒も一つ」

と、来栖が日本酒を頼んだ。

「もう日本酒いくの？」

「悪いか」

「いや悪くはないけど。てか、なんでいきなり不機嫌なのよ」

一分程でビールと冷酒が運ばれてくる。迅速対応がこの店のいいところだ。テーブルの隅にあった小皿を取って、一枚を来栖に渡す。気を利かせて取り分けてあげたりはしない。そういうキャラじゃないし、勝手に飲んで勝手に食うのがいつもの私たちだ。

でもなんか、今日の来栖はいつもと違う。何か言いたげに私の顔を見ては、酒を飲んで溜息をついている。

「ねえ、何か今日変じゃない？」

「俺もそう思う」

あの来栖が素直に認めるくらいだ、何かよっぽどのことがあったのかもしれない。

彼は無言で酒を飲んでいたが、しばらくして冷酒用の小さなグラスを空けて、タンッとテーブルに置いた。

「お前さ」

「うん？」

「……彼氏いたっけ？」

「……いないけど」

どうして今、彼氏の有無《うむ》を聞かれてるのか。怪訝《けげん》に思いながら正直に答えると、すぐに失礼な返事があった。

「だよな」

「何、けんか売ってんの？」

『だよな』ってなんだ。やっぱりなってことか。そんなに私は枯れて見えるのか。

「売ってない。普通に聞いただけだろ」

「もう大分前に別れたっきりだよ、残念ながら。恋バナが聞きたければ小野田を待て」

「あいつの恋バナはいつものことだろ。聞き飽《あ》きたわ。そうじゃなくて……」

「私はしばらく恋愛はいいわー。小野田がね、言ってたの。『付き合ってから相手を好きになる恋愛だってある』って。でも私は多分そういうの向かないなぁって」

想いを打ち明けても、相手が同じ気持ちでいてくれるとは限らない。それを冷静に受け入れられなければ、きっと私はまた無様な自分を晒《さら》してしまう。

そう思ったら、誰かを好きになることがなんだか怖くなってしまった。

……遠い。恋愛が、遠すぎる。

「なんか……両想いなんて所詮フィクションだろ、みたいな気持ちになってきた」

「……フィクションって程、遠くはないだろ」

「遠いって。手が届く気がまったくしないし。そんなことに振り回されるより、仕事に生きたほうがましじゃない？」

そうだ。仕事に生きて来栖に負けないくらいの実績を残したい。できれば、一度でいいから年間実績を追い越してみたい。そうしたら、女らしさなんてなくても自分に自信が持てるような気がする。恋愛だけが人生の全てじゃないのだ。

「仕事、ねぇ」

「今以上に企画案バンバン出してヒット商品作りたいし。来栖に後れをとってばかりなのも悔しいしね！」

「いや、まあそれはそれで頑張れば」

来栖が、そんなことはどうでもいいようにぼそりと呟いた。何やら複雑そうな表情で冷酒のグラスに口をつけている。それが、ずいぶん余裕な態度に見えた。

私には無理だと思われているのだろうか？　私が仕事に生きたところで、来栖の実績を超えることなどできないと高《たか》をくくられている？

そうとなれば、俄然張り切りたくなるのが私だ。

「よし。決めた。しばらくは仕事だけでいい」

「は？」

「恋愛しない。仕事に生きる」

今はそれが目標だ、と決意表明してみたら、急に来栖の様子が変わった。

さっきまでは私が仕事を頑張ろうがどうでもよさそうだったのに、焦ったように目を見張っている。私の本気が伝わったのだろうか。

「しばらくっていつまで」

「んー……来栖に勝つまで！」

一度でもいいから来栖の悔しがる顔が見てみたい。別に恋愛をしたくないわけじゃないので、いつまでと期限を設《もう》けるなら、来栖を目標にするのが私の中では一番区切りがいい気がした。

それなりに真剣に挑戦状を叩きつけたつもりの私に対し、来栖は呆れたようにぽかんと口を開けた後、一言で私をあしらった。

「尚更遠いだろ！」

「なんだとう！」

失礼な！　死に物狂いで頑張れば、どうなるかわからないでしょ！　もちろんこれまでも頑張ってはいたけども！

「っつうか、何をもって勝ち負けを決めるのかもわからねぇし」

「企画を商品化した数とか？」

「大事なのは商品がどれだけヒットするかだろ」

「じゃあそれで」

私がそう言うと、来栖は悩ましげに頭を抱えてしまった。その意味がわからなくて私は首を傾げる。

「何？　別にいいでしょ。私の勝手な目標なんだから」

来栖は誰の目にも明らかなくらい、同期の中で群《ぐん》を抜いてる。目標にするくらい仕事ができると彼を認めたようなものなのだから、もうちょい得意げにすればいいのに。

のろのろと顔を上げた来栖は、ぐっと眉を寄せ難しい顔をしている。何か考え込んでいるみたいなので、邪魔をしてはいけないと黙ったまま枝豆に手を伸ばした。

鞘《さや》から中の豆を一粒、二粒と口に入れていると、じっと手の中のグラスを見つめていた来栖が、ぽつりと言った。

「じゃあ、もし俺が」

ここで、なぜか一旦言葉が途切れた。来栖にしてはひどく歯切れの悪い様子に、つい先を促《うなが》してしまう。

「何？」

「お前に、……わないかって言ったら」

「え？」

なんでそんなに声が小さいんだ。

空になった鞘《さや》を自分の小皿に置いて新しい枝豆に手を伸ばす。ほぼ同時に、来栖がぱっと目線を上げた。

その瞬間、彼がイラッとしたのがわかる。枝豆を口に持っていこうとした私の手をがしっと掴み、強くテーブルの上に置かれた。

「お前、ちょっと食うのやめろ」

「えっ？　何よ？」

「さっきから枝豆ばっか、ぷちぷちぷちぷちと！」

びっくりして、来栖の顔と彼に掴まれた自分の手を交互に見る。

いつ以来だろうか。単に枝豆を食べるのを阻止されただけなのだが、それでも男に手を握られたのが久々すぎて、不覚にも動揺してしまう。

その私の微妙な空気の変化を、来栖は悟ったのかはわからない。ただちょっと、目つきが変わった気がした。

「ちょっ、何よ？　枝豆好きなんだもん」

何なのだ今日は。

本当に、来栖が変で居心地が悪い。

来栖の手の中から私の手を引き抜こうとしたけれど、ぎゅっと強く掴まれて叶わなかった。

変に意識してしまったのがバレたのかと思ったら、恥ずかしくてたまらない。

「わかった。あんたの分も枝豆頼んであげるから」

「枝豆は関係ない。離れろ、そこから」

「あんたが枝豆食うのやめろって言ったんじゃない」

そう言いながら、早く手を離してくれないかとぐいぐい引っ張るのだが、まったく抜けない。

「食うのをやめて話を聞けって意味だ」

「あ、ごめん。聞いてます。はい」

一段と低くなった来栖の声に、慌てて背筋を伸ばす。すると来栖は、一度息を吐いて本気とは到底思えない提案をした。

「……仕事に生きる前に、ほんとに遠いかどうか、もう一度確かめてみたら」

「は？」

「お前、俺と付き合わないか？」

よく意味がわからなかった。来栖のセリフが、二回頭の中でリピートされて、そこでやっと驚いた。

「なんで⁉」

「なんでって」

「意味がわからない！」

びっくりし過ぎて直球で返したら、向こうも驚いたのか手の力が緩《ゆる》んだ。その隙に、私は自分の手を引っこ抜く。

「わからないってなんだよ、そのままだろ！」

「だからなんで⁉　私の話、聞いてた？」

むっと眉を寄せて反論してくる来栖に、負けじと言い返した。

「私は好きになった人にも、好きって思われて付き合いたいの。好きじゃないのに付き合うとか向かないって言ったよね！」

「それは、だから俺はっ」

私の勢いに、来栖の声のトーンが下がる。何かショックを受けたような表情に見えたけど、ここは黙っていられない。そもそも来栖は、私のことなんて好きでもなんでもないくせに……

「軽すぎるでしょ！　この間まで菜穂ちゃんと付き合ってたのに。別れてすぐに誰か見つけようなんて……しかも手近でとか、何考えてんの！」

今回のことで少しは懲《こ》りたかと思ったのに、と腹が立ってきた。

はっきりと言われてさすがにショックだったのかむかついたのか、来栖の顔がぴくっと引き攣《つ》った。

「話を聞いてないのは、お前のほうだろ！」

「は？　聞いてたよ、私はちゃんと！」

「いや聞いてない、ってか通じてないのか」

来栖がテーブルに肘をつき、その手に額《ひたい》をのせて項垂《うなだ》れる。

「な、何？」

まるで、私が困らせているとでも言いたげな来栖の様子に戸惑う。

疲れたような顔をちらりと上げて、来栖は上目遣いで私を見た。そして、仕切り直すみたいに、もう一度口を開く。

「広瀬、俺は――」

その時、スパーンと勢いよく座敷の襖《ふすま》が開いた。

「広瀬ぇ！　お前やっと飲み会に来る気になったのか！」

そこには、でかい図体でうるうると目を潤《うる》ませている小野田が立っていた。

「小野田？」

一瞬、どうしてここにと言いかけて思い出した。小野田へ召喚のメッセージを送っていたのだった。すっかり忘れていた。しかしなぜ涙目なのか。

「お前、あれから誘っても全然飲み会に来ないし。俺、すっげえ傷つけたかなぁと」

がっしと肩を掴まれがくがくと揺すられる。ああそうだ、そういえば、小野田とはあの後、仕事が忙しかったりタイミングが悪かったりで、会う機会がないまま今日までできたんだった。

「ちゃんとメッセージ送ったじゃない。別に気にしてないし、単に今忙しいだけだって」

「ほんとにそれだけか？」

「それだけだって」

そう言うと、心底安心したように笑った。

「よかった。俺、お前のこと好きだからさ。避けられたら悲しいなぁと」

「はいはい。私も小野田好きだよ」

こんなに気の合う飲み友はいない。だから、長く付き合っているのだ。泣きつく小野田の頭をぽんぽんと撫でていると、視界の隅で呆然としている来栖に気づく。

「小野田……」

ゆら、と来栖が近づいてきた。そして、私に抱きつく勢いだった小野田の肩に手をかける。

「苑子ちゃんに言うぞ。他の女に好きだって言って抱きついてたって」

「ええっ⁉　なんだよそれ！」

慌てた小野田がぱっと私から手を離した。

「広瀬は飲み友だろ！　これは飲み友としての仲直りの儀式じゃないか！」

儀式だったのか。なんでもいいが、小野田と仲直りできてよかったと思う一方、なぜか今度は来栖の機嫌がすこぶる悪くなった。仏頂面《ぶっちょうづら》でふいっと目を逸《そ》らし座敷から出て行こうとする。

「来栖！　どこ行くの？」

「トイレ」

素っ気ない声で答えて、そのまま出て行ってしまった。小野田が困惑した様子で来栖の背中を見送った後、私に視線を向けてくる。

「なんかあったのか？　あいつ変じゃねえ？」

「めっちゃ変。……彼女と別れたからかな？」

「それなら三日前に聞いたけど、普通だったけどな。もう聞きつけて告白してきた奴が二人もいるって笑ってたし」

「そうなの？　相変わらずファンは多いんだ」

だったら、告白してきた子のどちらかと付き合えばいいものを。なんで私に言ったのか、本当にわからない。

「断ったみたいだけどな」

小野田はそう言っていたけれど、私は時間の問題だと思っていた。そのうち、声をかけられた女の子の中からタイプの子を見つけ、すぐに付き合い始めるだろうと――

しかし、これまで彼女が途切れることのなかった男は、なぜか誰に告白されても、受け入れることも付き合うこともなくなった。

＊　＊　＊

同じ企画を二人でやるには、隣の席というのは中々便利だ。

お互いが抱えている他の仕事の進捗具合を確認しながら、声をかけ合える。しかし、それで仕事が捗《はかど》るかといえばそれはまた別の話だ。

「来栖ー。やっぱり芋とか栗とか使わないとまずいかな」

「まあ、市場がそんなテイストで溢《あふ》れ返るからな。そこに乗っかっとくのは無難ではあるけど」

来栖との企画は正直行き詰まっていた。今週予定していた商品開発部との打ち合わせも、いまだ方向性が定まっていないため延期してもらっている。

芋と栗……秋の味覚の代表格ともいえる二つが苦手な者にとっては、どんな新商品を頭に思い浮かべようと、ちっとも心がときめかない。

それが致命的だった。

大体、秋の商品企画を夏にもならない時期に考えているのだ。本当に企画って、想像力を必要とする仕事だと思う。なんか、インスピレーションを刺激してくれそうなスイーツを思い切り食べ歩きたい気分だ。

とりあえず市場調査の依頼だけは出しておこう……と、私は方向性を示唆《しさ》するための資料集めに専念することにした。

そして今日も、結局新商品の方向性がまとまらないまま定時を迎える。

「時間に余裕があるから、まだ気持ち的に楽だね」

「そうだな。広瀬、帰り飯食ってこう」

話しながら帰り支度をして、お疲れ様と来栖に言おうとしたら、それより先にさらっと食事に誘われた。

「えっ、いいけど」

企画のことがあるから、この頃は何かと二人で話すことが多くなり、大概昼食も一緒に取っていた。だけど……仕事終わりのプライベートのせいか、二人で行くことに躊躇《ためら》いを覚える。

「小野田呼ぶ？」

「なんでだよ。ただ飯食うだけだろ」

確かに、小野田を呼ぶのはいつもお酒がメインの時だけれど……

「それに、あんまり頻繁《ひんぱん》に小野田を呼び出したら、苑子ちゃんに怒られるだろ」

「あー、それはそうかも」

並んで歩きながらそんな会話をしていると、イエスもノーも言わないうちにそのまま食事に行く流れになった。こんな風に二人で食事に行くのは、なんだかいつもと違って変な感じだ。

来栖に連れてこられたのは、いつものオッサン居酒屋とは大違いのお洒落《しゃれ》なカフェ。そこで、オムライスとスープとサラダという、これまたいつもと違う可愛らしい食事をした。ふわとろオムライスは美味《おい》しかったし、サラダも彩《いろど》りがよくて新鮮だった。けれど、酒が入らないと、イマイチ会話の間がもたない。

食べることに専念していたら、あっという間に食べ終わってしまった。

「デザートも食うか」

「うーん、結構お腹いっぱいだけど」

「何かインスピレーションが湧くかもしれないだろ」

それもそうか、とデザートメニューに目を通す。

デザートも色とりどりですごく可愛らしい。女性の目を楽しませる要素が多分に詰まっている。近頃は、オッサン居酒屋の居心地のよさに、ついそこばっかりになっていたけれど、ちょっと前までは普通にこういう店も好きだったと思い出す。

「あー、こういうわくわく感、忘れてたかも」

「そりゃ。焼き鳥の串が抜群に似合う女だもんな」

「あれはあれで、わくわくするんだけどねー」

砂肝とか。好きすぎてわくわくする。

けど、やっぱりたまにはこういう可愛いものに触れる機会を持つべきかもしれない。

私が頼んだフルーツタルトは、様々なフルーツを色鮮やかに盛りつけたデザインになっている。フルーツの断面が艶《つや》やかで、並ぶメニューの中でも目を引いたのでそれに決めた。

「見た目って大事よね。コンビニスイーツも、最近は男向けの特大サイズとかよく見るけど、やっぱり中心は女子受けのいいものだし」

「だな。上から安納芋《あんのう》と栗はラインナップに入れろって指示された」

「そっかー。やっぱり、定番は数字が安定するんだろうね」

「お前、何が好き?」

「何がって?」

　店員が二人分のデザートを運んできた。そこで一度会話が途切れた。私のフルーツタルトと、来栖はベリーのクレープだ。

「なんでもいいから好きなもの挙げていこうと思って。何が食べたいとか好きとか並べてるうちに案も出てくるだろ」

「なるほど。葡萄《ぶどう》が好き。梨はいまいち」

「へえ」

「栗はスイーツっていうより、お祖母《ばあ》ちゃんの栗ご飯のイメージなんだよねぇ。あと焼き栗とか。あ、お祭りの天津甘栗は好き……うわっ、何、このカスタードクリーム！　めっちゃ美味《おい》しい！」

　秋の味覚で好きと思われるものを頭の中に思い浮かべながら、何気なく口に入れたデザートの、とろりとした甘さに一気に意識を持っていかれた。

　タルト生地《きじ》とフルーツの間に敷かれたカスタードクリームが、信じられないくらい柔らかく、なめらかだ。

「カスタードいいなあ！　カスタードクリームが嫌いな女子はいない！」

来栖のクレープの中にも、カスタードクリームが入っていたらしい。

「ほんとだ、美味《うま》いな」

綺麗な所作で一口食べた来栖は、驚いた様子で目を見開いた。

あまりの美味《おい》しさに、デザートを食べる手が止まらない。お互いに感想を言い合いながら食べるのもなんだか楽しくて、予想以上に充実した時間となった。


食後、店の外に出てからも舌の上にカスタードクリームの味が残っている。これはしばらく、忘れられそうにない。駅まで並んで歩きながら、どうにかして、あのカスタードクリームを商品に反映できないか来栖に提案してみた。

「商品の主役をカスタードクリームにする、というのはどう？」

「お前、さっきの店のカスタードに感動するのはわかるけど、あの美味《うま》さは店で食ってこそだぞ。コンビニ用の商品で、あれを再現するのは難しい」

「それは私もわかってる。けど、やっぱりあのとろ甘、再現したいなぁ。無理かなぁ」

「まあ、商品開発部に相談することはできるだろうけど、実際にどこまで近づけられるかだな……」

話しながら私たちは三叉路に差しかかる。

私と来栖は通勤の路線が違うので、帰りの駅も別だ。

「じゃあそこら辺を、明日まとめてみようよ。商品開発部に相談できるように」

じゃあお疲れ、という意味で、来栖に手を振った。しかし、反対の道へ進むと思っていた来栖が、なぜか私の後をついてきた。

「何？」

「……送る」

「えっ？　なんで？　いいよ別に」

今まで三人で飲んでた時には、そんなこと一度だって言わなかったのに、なぜ今日に限って送ろうなどと言い出すのか。

戸惑って来栖を見上げれば、言った本人もどこか困惑した表情をしている。

「……企画の話、もうちょっと詰めたいし」

「え、明日で十分じゃない？　それに、すごく遠回りになるでしょ」

「腹ごなしに歩きたい気分なんだよ。いいだろ別に」

強めに言い切られれば、私にも別に送られたくない理由があるわけでもないので断りづらい。

「まあ……私もさっきのデザートの感動を語り足りないし。じゃあ、お願いします？」

そう言うと、一瞬だけ来栖の口元が緩《ゆる》んだ。

なんか、すごく、変な気分だ。

やたらと来栖に懐《なつ》かれているような気がする。気のせいかとも思ったが、どうやらそうじゃないらしい。

まるで野良のわんこを手懐《てなず》けてしまったような感じがした。

「じゃあ、カスタードに合わせられるフルーツを順に挙げていこう。できるだけ秋らしいやつ」

駅に着くまでの間に詰められる話なんて、たかが知れている。私は思いつきでそんな提案をした。すると、大きな手が背中に一瞬だけ触れて、歩くように促《うなが》してくる。ゆっくりと歩《ほ》を進め始め、足元を見ながら来栖が言った。

「りんご」

なんとなく、私も足元のアスファルトを見ながら応《こた》えた。

「いきなり王道？　じゃあ、葡萄《ぶどう》」

「葡萄《ぶどう》だって王道だろ。……ブルーベリーは？」

「ブルーベリーって、旬は夏じゃなかった？　まあ、年中あるけどね」

たった三品目で、秋らしさというテーマからズレてしまった。カスタードと秋らしさの両方を満たすのは、中々難しい。

「じゃあ、柿」

「カスタードに柿？　あー、でもなんか……そういう感じのタルトを食べた覚えがあるかも」

「俺も、オレンジと柿とカスタードの入ったタルトを、昔食った」

「いいね、それ」

本当にいいかも。これまでのコンビニスイーツにあったっけ？　帰ったら過去のデータを検索してみよう。

考え事をしながら歩いていると自然と歩調がゆっくりになり、二人でのんびりと散歩をしているみたいな雰囲気だ。

「次、そっちもなんか挙げろよ」

「えーっと……いちご？」

「春だな」

私の脳内は、さっきの柿とオレンジとカスタードにすっかり支配されていて、他の案が思いつかなくなってしまった。

一度フルーツから離れてみようか。けれどカスタードを主役にするなら、他の要素で秋らしさを出さなくてはならない。

フルーツ以外で秋らしい食べもの、あー、イベント？　といえば、ハロウィンか。

「かぼちゃ？」

「結局のところ、秋は芋栗南瓜に辿《たど》り着くな」

「ほんとだわ」

あれこれ案を出し合いながら歩いているうちに、気づけば駅が見えてきた。

そこで来栖が、唐突に話題を変える。

「なあ、なんか、前言ってたろ」

「何？」

「スイーツの食べ歩き。企画書で行き詰まる度にぼやいてるやつ」

「ああ、そうそう。といっても、実際は中々行けないんだけどね。一人で食べ歩きって限度があるでしょ」

一人で行って大して食べられずに、結局ショッピングだけして帰ってきた時のことを思い出し、つい声に出して笑った。本当、食べ歩きなんて一人でするもんじゃない。

「なら二人で半分にすれば、種類も倍食える」

「確かに。あ、さっきのデザートもシェアすればよかったねー」

本当は、来栖が食べてたデザートも気になっていたのだが、シェアするなんて来栖は嫌がりそうだと思って遠慮した。もしかしたら、来栖も私のを食べてみたかったのだろうか？　だったら遠慮しないで言えばよかったと後悔していたら、隣から少し固い声が聞こえた。

「で、お前、今度の土曜ヒマ?」

そう言った来栖の顔が、ちょっと緊張しているように感じる。

これはつまり、スイーツの食べ歩きに誘われているということだろうか?

来栖とは最近になって会社帰りに飲みに行くようになったけれど、それまでプライベートの付き合いはなかった。だから企画のためとはいえ、しかも来栖のほうからわざわざ休日に会おうなんて提案をされたことに、私は少なからず驚いていた。でも、嫌ではない。

「うん、暇だけど……行く?」

「えっ」

「って、なんでそんな驚いてんの? 誘ったのそっちじゃん。もしかして、男がスイーツの食べ歩きするのが恥ずかしいの?」

「……うるさい」

来栖には、なんとなく格好つけたがりなイメージがある。にやにやしながらからかうと、拗《す》ねた様子でそっぽを向かれた。

「来栖ってかなり甘いもの好きだよね。別に恥ずかしがらなくてもいいじゃない」

「俺は普通だよ。じゃあ土曜日な」

にこりともしない仏頂面《ぶっちょうづら》が、何やら可愛く見えた。

不思議なものだなと思う。以前はこの顔が憎たらしくて仕方がなかったはずなのに。

笑みを零す私の視線をかわし、来栖が強引に話を終わらせる。と同時に、私の通勤路線の駅に着いた。

「……和真さん？」

送ってくれてありがとうね、と今度こそ別れようとした時――

聞き覚えのある声が、すぐ近くから聞こえた。

「戸川さん？」

ちょうど駅から出てきたのか戸川菜穂ちゃんが、私たちを見て立ち尽くしている。その背後には、彼女と同じ総務の女子だろうか、見た顔がちらほらといた。

呆然としていた彼女の目付きが、きっと鋭くなった。

「……私と別れて、すぐに付き合ってるんですね」

「えっ？」

その鋭い目は、私に向けられている。その上あらぬ誤解をされていることに気がついて、慌てて言った。

「ちょっ……違うから！　企画の打ち合わせで一緒にいるだけで……」

「戸川」

私の言葉を、来栖の声が遮《さえぎ》った。いつの間にか、私と戸川さんの間に立ち塞《ふさ》がっている。以前のように『菜穂』と呼ばないことよりも、声の温度から来栖の気持ちがまったく彼女に残っていないことが伝わってきた。

「別れたことと広瀬のことは関係ない。何度も言ったよな」

「信じられない！　和真さん、この人のことわかってないんじゃない？　私の相談に乗ってくれるって言っておきながら、仕事を利用して色目使って……酷い」

いやいやいやいや。どれも違うよね⁉

来栖とは本当に仕事しかしてないいし、相談に乗ってくれとは言われたけど返事してないから！

まさか、別れた原因が私みたいなことになっているのだろうか。

だとしたら激しく戸川さんの勘違いだ。

「広瀬はそんな奴じゃない」

来栖の低い声が通りに響いた。びくっと肩を震わせた戸川さんの目が涙で潤《うる》む。

明らかな怒りを含んだ来栖の声音に驚いて、私は思わず来栖の腕を引いた。

「ちょっと、来栖」

すると、我に返ったのか一度目を閉じ、大きく深呼吸をする。

「戸川、ちょっとそこで待ってろ」

彼女に向かってそう言い捨て、来栖が私に向き直った。

「巻き込んで悪い。気にしないでお前は帰れ」

「いや、そんなわけにはは。私と来栖が誤解されて別れ話になったの？」

「違う、お前は関係ない。別れたいって言ったのは俺だし、もう一度話す。広瀬は気にすんな。また明日な」

確かに、私がここにいるほうが余計に拗《こじ》れるかもしれない。

「わかった。じゃあ……明日ね」

そう言う私に、来栖は、今まで見たことのないような優しい笑みを浮かべて片手を上げた。

私は咄嗟《とっさ》に来栖から視線を外す。なんだか、胸の奥を擽《くすぐ》られたような変な感覚に首を傾《かし》げながら、足早に改札へ向かって歩き出した。

自然と、戸川さんとその仲間たちの横を、通りすぎることになるわけで。

彼女の恨めしそうな視線が飛んでくるのと同時に、後ろの仲間たちが何やらひそひそと囁《ささや》き合う姿が目に入った。あんまり友達に恵まれてないのかなと思いつつ、来栖がこの後、彼女とどんな話をするのか気になった。

別れ話は、相手に気持ちが残っている程、拗《こじ》れて面倒になる。だから、面倒を嫌ってそこをおざなりにする男が多いんだよ。私の脳裏に、ふと元カレのことが浮かぶ。

面倒でも、きちんと向き合おうとする来栖が、少しだけいい男に見えた。

4　恋愛感情の温度

俺は多分、広瀬に嫌われている。


同期の広瀬が、以前から何かと張り合ってきているのはわかっていた。

特に何を言ってくるわけでもないが、俺の企画が通る度にすげえ目で睨《にら》まれたし、陰で悔しそうに地団駄《じだんだ》を踏んでいるのを見たこともある。

一方的にライバル心を持たれて鬱陶《うっとう》しいとは思ったが、別にそれならそれでよかった。こっちから特に話しかけることもないし、業務に必要な連絡事項と、社会人として必要最低限な挨拶《あいさつ》だけしてればいいか、とその程度にしか思っていなかった。

元々俺はそれ程社交的なほうじゃないし、それくらいの距離感でちょうどいい。

時々広瀬から飛んでくるやっかみの視線は気づかないフリでやりすごす。広瀬にそこまで興味はなかったけれど、それでもまあ、好きでも嫌いでもない。

ただ、企画営業部にいる女性社員の中で、一人挫《くじ》けず企画書を提出し続けている点は、骨のある奴だと思っていた。俺にとっては、その程度の存在だった。

そんな広瀬に、まさかみっともない痴話げんかを見られるとは。

最初は、普段の腹いせに説教でもしてやろうという魂胆《こんたん》だったのかもしれない。それが、そのまま飲み仲間に引きずり込まれるとは思わなかった。

まったく予想外の展開だった。

おまけに「女が束縛するようになるのは気持ちが伝わってないからだ」とか「電話はかけるよりかけてきて欲しいものだ」とか、懇々《こんこん》と諭《さと》される。面倒くさい部類の女の代表だと思った。

ただ、広瀬の言い分にも一理あると思ったのは確かで。

俺はこれまで、冷たいと言われて別れることが続いていた。

『いい大人なんだから、感情的になってしょうもない別れ方する前にちゃんと話しなよ』

そう言われた時は、図星を指された気分だった。

「……和真さんってば！」

強く名前を呼ばれて、はっと我に返る。

菜穂とレストランで食事をしている最中に、うっかりトリップしていたようだ。

「ああ、悪い」

想いの温度差が、相手を傷つけているんじゃないか。

広瀬にそう言われてから、自分なりに彼女との関係修復に努めてきたつもりだ。

「もう……、昨日も遅くまで飲んでたんじゃないの？」

――言いたいことがあるなら、嫌味にしないでもっとはっきり言えよ。

遠回しに、彼女である自分を放って同期とばかり飲みに行っていると責められている。

こういうことを言われる度に、二人の温度差は開くばかりだ。

戸川菜穂。付き合って最初の二か月程は、こんな話し方をする女ではなかった。

だがこれも、広瀬が言うには、俺の態度のせいで感じる不安の裏返しなのだとか。

だけどな――

「総務の美樹《みき》ちゃんですよー。ぽっちゃりだから彼氏ができないんだって、気にしてて。そんなことないよっていつも励《はげ》ましてるんだけど……。男の人って、あんまり痩《や》せてる女の子は苦手って言いますよね」

「さあ、好みの問題だろうけど」

「和真さんは、私くらいの体型とぽっちゃりしてるのと、どっちがいいと思います？」

はっきり言って、自分に関係ない女がぽっちゃりしてようが痩《や》せていようがどうでもいい。

友達を遠回しに貶《おとし》めて、自分を持ち上げる。こういう話し方をする菜穂に、心底嫌気がさしてきていた。

広瀬は、こんな風に相手を貶《おとし》めるような言い方はしない。

どんなに口論をしようと激しく意見がかみ合わなかろうと、裏表のない広瀬と話すのは、ちっとも苦にならないのに。

「……別に、どっちでも」

俺の適当な返事が、また菜穂のご機嫌を損ねたらしい。

「もう……和真さん、やっぱり疲れてるんじゃないですか」

「だな。悪い、今日はこの後すぐに送る」

「広瀬さん……ちょっとは遠慮して欲しいなぁ……」

ぼそ、と呟かれた言葉に、瞬間的に苛立ちが込み上げた。

「どういう意味？」

「えー、だって。私と和真さんが付き合ってるの知ってるのに、ちょっと常識なくないですか？　そんなにしょっちゅう呼び出さないで欲しいなって……私たちの時間を、もっと大事にしたいのに、寂しい」

溜息をついて、フォークとナイフを置いた。

高級、という程ではないが、雰囲気のいいレストランのコース料理。それを前に、まったく食う気が失せた。

「広瀬とは、お前が心配するような関係じゃない。たまたま小野田と三人で飲む機会が増えただけだって何度も言ったはずだけど。いちいち探りを入れるような言い方すんのやめろ」

あの、炭の匂いが立ち込めているなじみの居酒屋が頭に浮かんで、明日にでも立ち寄りたくなる。むしろ今から、口直しをしに行きたい。いや、気分直しか。

「そんな、探りを入れるつもりなんかじゃなくて」

慌てて取り繕《つくろ》う菜穂に付き合うのもうんざりした。

ふと脳裏に浮かぶのは、こんな小洒落《こじゃれ》た空気ではない、焼き鳥の串にかじりついているのがよく似合う、女らしさの欠片《かけら》もない奴。

菜穂の嫌なところを目にする度に、知らず広瀬と比べている。

以前、好きでもないのに付き合ったのか、と広瀬に咎《とが》められたことがあった。

別にそれが悪いこととは、思わない。

付き合ううちに、互いの人間性を知って近づいていくものだろう、そう思っていた。

けれど、実際に今、菜穂と付き合っていてまったく上手《うま》くいかないのも確かで。

菜穂が俺に向けてくる感情程には、とてもじゃないが熱くなれない。その温度差を指摘されたからといって、感情なんて努力してどうにかなるものでもないんじゃないか。

そう理解した時には、別れることを決めていた。

企画営業部の飲み会に菜穂が乱入してきた翌日、俺は別れ話を切り出した。予想はしていたが……ちょっとした修羅場になった。

今まで、適当な別れ方しかしてこなかったから、相手に別れを納得させることがこんなにも難しいとは思わなかった。

しかも、俺が菜穂と別れるのは、広瀬のせいだと言って譲らない。

「昨日の飲み会だって！　和真さん、何かと言えば広瀬さんを見てたじゃない！」

「俺が二股してたって言いたいのか？」

「そういうことじゃない、自分でわかってないなんてびっくりする」

それまで、怒りながらもどこか縋《すが》るようだった菜穂の態度が、我慢の限界がきたのか一変した。悔しげに顔を歪《ゆが》め、俺を睨《にら》みつける。

「たった四か月で別れたなんてかっこ悪くて言えない。結局私も、今までの女と一緒だったって笑われる」

なんとなく、わかってはいた。菜穂にとって、俺はアクセサリーの一つなんだと。

来るもの拒《こば》まず去るもの追わず、いつの間にかそんな風に噂されている俺が、自分に本気になったというプレミア感が欲しかったんだろう。

「……別に、噂程大層な男じゃないってわかったろ、お前も」

「ほんとそう。会話もつまらないし、一緒にいて全然楽しくなかった」

結局いつもどおり、俺が振られた体《てい》で終わった。

広瀬の言葉に感化されて、彼女と向き合おうとしてみたものの、結局はいつもと同じ。

翌日、総務の間で俺と菜穂が別れたことが広まったのだろう。

別れて三日も経たないうちに告白してきたのは、菜穂と同じ総務の女だった。

一週間の間に二人。もう一人は受付嬢で、挨拶《あいさつ》程度ではあるが毎日言葉を交わしていた、それなりに知った相手。見た目も好みのタイプだった。

「毎度のことだけど、別れるのを待ってましたーってタイミングで、告白されんのってすげえよな」

「ゲーム感覚だろ？　落としたもん勝ちみたいな。俺は景品か」

広瀬が来ないので、小野田と二人、オッサン居酒屋のカウンターに肩を並べて座る。

体格のいい小野田の隣は、異様に圧迫感がある。

「で、返事は？」

「断った」

「あー、タイプじゃなかったか」

「いや……そうでもないけど」

なぜか、付き合う気になれなかった。

「ふーん？」

小野田は不思議そうな顔をしたが、それ以上追及してくるつもりはないようだ。

「それよりさ、広瀬、やっぱ怒ってんのかなぁ……」

そう、小野田の今一番の悩みは、広瀬のことなのだ。ラブラブの彼女がいるくせに、飲み会に広瀬が来なくなったからといって、そこまで気にすることはないと思うのだが。付き合いの長さもあってか、小野田にとって広瀬は特別らしい。そんな小野田を許している苑子ちゃんは寛大だ。

「そんなことないって……広瀬からは連絡あったんだろ」

「あったけど、メッセージじゃほんとはどう思ってんのかなんてわかんないだろ」

デカい図体で背中を丸め、カウンターで泣き言を零す小野田に俺は肩を竦《すく》めた。

広瀬に何を言ったのか知らないが、こいつは案外気の小さいところがある。

「やっぱ言い過ぎたんだよな……」

「平気だろ。そんなことといちいち気にするような奴じゃない」

「いやいや、広瀬だって女だろ。ちょっとしたことで傷ついたりするかもしれんだろ」

「……普段あれだけ俺とやり合ってる奴がか？」

その時ふと、美味《うま》そうにビールを呷《あお》る横顔が思い出された。

人が話しているのに焼き鳥の串にかじりついて、目だけきょろっとこちらへ向けて頷いてみたり、女らしさ以前に行儀が悪い。

だけど、企画営業部の飲み会に戸川が乱入した時などは、気遣うようにじっとこちらを見ていた。多分、俺が菜穂に怒り出さないか心配してたんだろう。

ほっときゃいいのに、人のことでころころと表情を変える。

――和真さん、何かと言えば広瀬さんを見てたじゃない！

――そういうことじゃない、自分でわかってないなんてびっくりする。

突然、別れ話の時の菜穂の言葉が思い出された。

そのことになぜか動揺し、握ったままのグラスを呷《あお》る。弱くなった炭酸の刺激とビールの苦味がやけに口に残った。

「おい、来栖？　急に黙り込んでどうした」

「……いや、別に」

自分の中に、随分と広瀬の表情が記憶されていることに、我ながら驚いていた。


小野田と飲んだ翌日、隣のデスクに座る広瀬にちらりと目を向ける。このところの広瀬はかなり仕事に集中しているようで、パソコンに向かう横顔は鬼気迫るものがある。

小野田から謝る機会を作ってくれと頼まれたが、なんとなく声をかけづらく数日が過ぎた。

そんな時、課長に呼ばれ、コンビニの秋限定スイーツの企画を、広瀬とコンビで任された。

課長の話を聞いている時から、広瀬の頬がひくひく痙攣《けいれん》しているのには気づいていた。

きっとまた、一人でライバル心を燃やしているのだろう。

「ってか、この企画、私も名乗り上げたのに！　また負けた！」

ぐぐ、とデスクの上で握られた拳《こぶし》が震えている。

「勝ち負けじゃないだろ。いちいち張り合うなよ、めんどくせぇな」

「勝ち負けじゃなかったら何なのよ」

「これまでの実績も鑑《かんが》みると、俺のほうが今回の企画に合ってただけだ。その次にお前のが合ってたからアシスタント」

慰《なぐさ》めたら余計に機嫌が悪くなりそうなので事実を口にしたのだが、彼女はむっと口を閉ざしてパソコンを睨《にら》みつけた。カタカタカタカタ、と高速のタイピングが広瀬の苛立ちを表している。

「こっち向け」

そう言うと、不機嫌な割には素直にこちらを向いた。

くっきりと眉間に刻まれたシワに、つい笑ってしまいそうになる。

「すげーシワ」

こん。

と、広瀬の眉間に軽く拳《こぶし》を当てる。何も考えず、ごく自然に出た自分の仕草に、すぐに戸惑った。

これは、ただの同僚に対してするものだろうか。

いや、たとえそうであっても、広瀬に対してそんな触れ方をした自分自身に違和感でいっぱいだった。

ムキになって不機嫌を隠さない広瀬を、可愛い、と思うなんて。

？？？

頭の中にクエスチョンマークが飛び交っていた。

いつもより鼓動が激しい、ような、気がする。

拳《こぶし》の当たった額《ひたい》を撫でながらこちらを睨《にら》む広瀬に、内心焦りを募《つの》らせる。

「今日中に、今持ってる他の案件片づけとけよ。夜に打ち合わせするからな」

咄嗟《とっさ》に口から出た言葉は、小野田に頼まれていたことだ。

「飯食いながらやろう。時間が惜しい」

少々、苦しかっただろうか。打ち合わせなんて、社外に持ち出せない資料もあるし、外でやったってできることは少ない。広瀬が妙な顔をするのも当然だろう。

自分の言動に戸惑いながらも、それを押し隠して俺は仕事を始めた。

「……いつものとこでいいか」

「いいでしょ、居心地いいし」

定時になり、二人揃っていつものオッサン居酒屋の暖簾（のれん）をくぐる。

小野田は後で呼ぶことにして、奥の座敷に向かった。打ち合わせを理由にした以上、

先にその件に触れておくべきだろう。

古臭いテーブルに、光る小石のようなものが混ざった砂壁、シミのついた襖（ふすま）。初めて

入った小さな座敷は、決して女連れでくるような雰囲気のいい場所ではない。

そして、そんなことを気にした自分に驚く。

女連れ？

広瀬といて女連れだなんて思ったことがこれまであっただろうか、いや、ない。

「すみませーん、ビール二本と大根サラダ、揚げ出し豆腐と小エビの唐揚げとー、あ、

あと枝豆！」

こっちが戸惑っている間に、広瀬がちゃっちゃとオーダーを決めた。

もう何度も来ているので、適当なオーダーの中にもちゃんと互いの好きなものが入っ

ている。

「とりあえず去年の秋の傾向とか、参考になりそうな資料を集めるのは私がやるから」

それぞれに手酌（てじゃく）でビールをグラスに注いで、すぐに広瀬が仕事の話を始める。なんだ

か、とっとと済ませたいような印象だった。

「ってか、外には企画書も資料も持ち出せないんだから、打ち合わせは明日でいいじゃん。小野田呼ぼうよ」

広瀬はここでの打ち合わせの無意味さにすぐ気がついた。そう、実は今の時点で資料も無しに決められることなど何もない、精々好み程度だ。

広瀬がスマホを手にして、何か操作し始める。小野田にメッセージを送ろうとしているのだと思ったら——

「別れた」

焦った俺が、咄嗟《とっさ》に出した言葉がこれだった。

どうしてこんなに必死になっているのか、わからない。

ただもう少しだけ、二人で話していたかった。

広瀬は、少し動揺したように見えた。しかし、すぐに「大丈夫？」と声をかけながら俺の顔を覗き込んでくる。その表情から、本気で心配してくれているのが伝わった。その心配が、戸川と俺のどちらに向けられているものかはわからないが。

「話し合ってなんとか。お前、菜穂のこと気にしてたから、一応報告しとく」

こんなこと、わざわざ広瀬に言うことじゃなかった。

第一、言ったところで広瀬にはまったく関係のないことだ。

『そっか』という相槌《あいづち》、それくらいしか反応のしようがない。そう、思っていた。だが広瀬は、なぜか、自分が振られたかのような寂しそうな顔をした。

「うん。……たった一言で簡単に終わりにされるのって、結構しんどいからさー。でも、話し合って決めたんなら、仕方ないんじゃないかな」

そして、何かを吹っ切るように笑う。それが、なぜか胸に迫った。

もしかして広瀬は、過去にそうした別れを経験したことがあるのだろうか。

だから、ずっと菜穂を気遣うような物言いばかりしていたのだろうか。

そんなことを考えて、じっと広瀬の顔に見入っていた。すると、広瀬の目がきょろっと上向いた。

「何？」

「え？」

「じっと見てるから。私、何か変なこと言った？」

「いや。別に」

テーブルの上に視線を逸《そ》らしつつ、菜穂に言われたことを思い出す。俺が広瀬のほうばかり見ていた、と。それを裏付けるように、記憶には広瀬の表情がいくつもあった。

……付き合っていた菜穂の顔よりも。

「……同じ女でも、随分と違うもんだ、と思って」

笑顔じゃなくても、なぜか広瀬の表情には安心できた。

「は？　……ちょっと、総務の花と私を比べないでよ」

まったくそんなつもりはなかったのに、広瀬が急につっかかってくる。

「言っとくけどねー、いくらオッサンみたいだからって、これでも女なんだからね。人と比べるなんて無神経だから」

――これでも女なんだからね。

そんなことはわかっている。

むしろ、普段俺にそれを意識させないくらい、オッサン化しているのは誰だ。それはつまり、俺の前で女でいるつもりがないからだろう。

「そうだな、比べてた」

むっとして、広瀬を睨《にら》む。

自分にそのつもりがないくせにそんな風に言うのなら、女扱いをしてやろうじゃないか。

「案外女らしいところがある」

「……うん？」

広瀬が、首を傾《かし》げて複雑な顔をした。

自分のどこが、と思っているのかもしれないが、嘘じゃない。さして交流もない菜穂の肩を、よくそこまで持つ気になるなと、最初は理解できなかった。

けど今は、優しいのだと感じる。別に相手は菜穂に限ったことではなく、広瀬はその時その時で、すぐに誰かの立場に立ってしまうのだ。状況を客観的に見て、合理的な判断をする俺とは違う。

感情的だけれど自分本意ではない、広瀬の柔軟さなのだと思った。

いけないとわかっているが、どうしても菜穂と比べてしまう。

たとえ口が悪くても、わかりやすい見た目の女らしさが少なくても、広瀬は女だ。本当に、そう思った。

なのに、当の本人はまったくの他人事《ひとごと》のような顔をして枝豆に手を伸ばしている。

「女らしいって、やっぱ仕草とかかなあ」

「いや、仕草ってより……優しさが柔らかい」

「ふぅん……抽象的なこと言うね」

ふんふん、と頷きながらもぐもぐと口を動かしている。まともに取り合うつもりもないらしい。

こうなってくると、意地でもいつもと違う顔が見たくなる。

「普段からガンガン余計なこと言ってくるのに、人のことになると更に感情的になってもの言うし」

れる。

「へえ」

思えばこれまで自分から女を褒《ほ》めたことのない俺は、自分のスキルの低さに気づかさ

こっちが懸命に言葉を探して言っているのに、少しも広瀬に響いた感じがしない。

「何？　聞いてるよちゃんと」

きょとんとした顔でそう言うものの、相変わらずのんき気に枝豆を食っている。こいつ

はなんでこんなにどうでもよさげに聞いているのだ。

そして口の中に枝豆入れすぎだ。ハムスターかよ。

それでも気を取り直してなんとか続く言葉を探す。

「他人のことなのに、なんでだよっていうくらい感情移入することがある」

あんまりにも手応《てごた》えがないものだから、つい前のめりにそう言うと、広瀬が驚いたよ

うに背筋を伸ばして身を引いた。

「う、うん？」

いや、引かれたいわけではないのに。どうしてこう上手《うま》くいかないのだ。

「……そういう優しさは、女らしいと思う」

それでもどうにか捻《ひね》り出した言葉は、俺にしては中々、広瀬を褒《ほ》めるのに的《まと》を射たも

のだったと思う。なのに――

「うん……いい子じゃん」

言いながら眉を顰《ひそ》めて、不思議そうにこちらを見る。一瞬広瀬が何を言っているのかわからなかった。数秒思考回路が固まったが、次の広瀬の言葉でようやく気がついた。

「で、菜穂ちゃんの何がいけなかったのよ？」

……これでもまだ自分のことだとわかってないのかよ！

どっと脱力した俺に、広瀬はますます困惑気味だ。

「ちょっと、さっきからなんなのよ」

「いや。ここまで言ったら、さすがにわかると思ったのに、予想より遥《はる》かに伝わらん」

「意味がわからないんだけど」

なんとか捻《ひね》り出した言葉が、全部空振り。

だがこれは、俺が悪いのか。伝わらんと思いつつ、俺自身、広瀬に何が言いたいのかよくわかっていない。ただ、自分を下に置いてものを言う広瀬が嫌だった。

そんなことはない、と言ってやりたかった。

「小エビの唐揚げと大根サラダ、お待たせいたしましたー！」

「ありがとうございまーす。ビール一本追加お願いします」

店員と何事もなかったように話す広瀬を見ていると、恨めしくなってくる。こいつには、もっとわかりやすく、それこそ名指しで言わねば伝わらないのかもしれない。

「すいません、冷酒も一つ」

酒で勢いでもつけなければ、とてもやっていられない。

「もう日本酒いくの？」

「悪いか」

「いや悪くはないけど。てか、なんでいきなり不機嫌なのよ」

広瀬から小皿を渡され、小エビの唐揚げを二つ皿に取ったが、今は肴《さかな》よりも酒だった。黙り込んだ俺に呆れたのか、広瀬がビールを飲みながら黙々と枝豆をつまむ。

名指しで……わかりやすく。

そんな上手《うま》いこと言えるなら、俺はクールだなんて言われてない。そもそも、そういう部類のことが苦手なのだ。

「ねえ、何か今日変じゃない？」

「俺もそう思う」

確かに今日の俺はおかしい。

広瀬が自分を卑下《ひげ》するのが腹立たしかった。さっきの渾身《こんしん》の褒《ほ》め言葉が、ただの空振りに終わったことも我慢ならない。無性にイライラするし、焦燥感《しょうそうかん》のようなものがある。

冷酒のグラスを一息に空けて、勢いをつけてテーブルに置いた。

さっきから広瀬のことばかり考えている。おまけに空振りしてばかりで、疲れる。非常に疲れる。なのに、何かを、この現状を、広瀬の認識を、ぶち壊したい衝動が消えない。

そこでふと、俺は広瀬について、何も知らないことに気がついた。

……そもそも、広瀬はフリーなのか。

「お前さ」

「うん？」

「……彼氏いたっけ？」

いたからって、どうなんだ。

多分今、俺と広瀬は同じことを思っている。

広瀬に男がいようがいまいが俺には関係ないだろう。

「……いないけど」

関係ないはずなのに、その至極あっさりした答えにほっとした。

「だよな」

「何、けんか売ってんの？」

「売ってない。普通に聞いただけだろ」

彼氏はいない。

妙にそわそわして、ますます広瀬をこちらに向かせたくなってきた。

そんな自分の変化に戸惑いながら、同時にじわじわと自覚し始める。

今まで、誰かと付き合ってこんな感情を抱《いだ》いたことがあったか、いやない。

俺は多分、さっきからずっと、広瀬に男として意識されたいと思っている。

なんでよりによって広瀬なんだ。普段俺に色目の一つも使わない、オッサンみたいな女だぞ。

そこがサバサバしていていいと思っていた。だが裏を返せば、まるきり広瀬に相手にされていないということじゃないのか。

「もう大分前に別れたっきりだよ、残念ながら。恋バナが聞きたければ小野田を待て」

「あいつの恋バナはいつものことだろ。聞き飽《あ》きたわ。そうじゃなくて……」

今は、小野田のことなんてどうでもいいんだよ。

そうじゃなくて、俺と広瀬のことを話したいんだ。

「私はしばらく恋愛はいいわー。小野田がね、言ってたの。『付き合ってから相手を好きになる恋愛だってある』って。でも私は多分そういうの向かないなぁって」

自覚し始めた矢先に、何やら雲行きが怪《あや》しくなってくる。さっきから、こちらの意図する方向にちっとも会話が進まない。

「なんか……両想いなんて所詮フィクションだろ、みたいな気持ちになってきた」

いやいやいや、待て、ちょっと待て。フィクションじゃなくて自分からどんどん遠ざかってるだろう。

「……フィクションって程、遠くはないだろ」

「遠いって。手が届く気がまったくしないし。そんなことに振り回されるより、仕事に生きたほうがましじゃない？」

広瀬と話していると、確かに果てしなく遠い気がしてきた。

仕事と恋愛がごっちゃになるのが、女の思考回路なのだろうか。

仕事に生きることと恋愛をしないということは、俺の中ではイコールにならない。

恋愛から遠ざかるどころか、仕事で俺に勝つまで恋愛はしないとまで言い出した広瀬に、頭が痛くなった。

どうしようもなく焦燥感《しょうそうかん》が湧いてくる。気づくと手の中のグラスを握りしめていた。

何を言えば、広瀬に響くのか。まるで豆腐か何かを相手にしているような手応《てごた》えのなさから、どうしたら脱却できるのか。

「じゃあ、もし俺が」

頭に浮かんだ言葉を口にするのは、ひどく勇気がいった。

「お前に、……わないかって言ったら」

こんな言葉、自分から言ったことなどない。

ましてや、まったく自分に気がないとわかっている相手に。

「え？」

聞こえなかったのか、それとも俺がそんなことを言い出すなんて思わなかったのか、不思議そうな声で聞き返された。意を決して、俺は顔を上げる。

だが、きょとんとした顔で枝豆に手を伸ばす広瀬に、瞬間的にイラッときた。

「お前、ちょっと食うのやめろ」

咄嗟《とっさ》に広瀬の手を強く握りしめて、テーブルの上に押さえつける。

「えっ？　何よ？」

「さっきから枝豆ばっか、ぷちぷちぷちぷちぷちと！」

ちょっとは真剣に人の話を聞け！

なんで俺だけこんなに必死になっているんだと、衝動に任せた行動だったが、これが思わぬ効果を生んだ。

初めて、広瀬が動揺を見せた。

握った手と俺の顔を交互に見て、戸惑っているのが見て取れる。

少し頬が赤い、気がする。焦って逃げようとする小さな手を、この機を逃がすかと強く握りしめた。戸惑う広瀬がやたらと可愛く目に映り、抱きしめたい衝動に駆られる。

そうだ。

下手《へた》な言葉を吐くよりも、このまま行動で示したほうが早いのではないか。抱きしめて、キスしたら、いやでも俺を意識するだろう。

そんな邪心が頭をよぎったところで、はっと我に返る。

いや待て、よく考えろ。相手は広瀬結だ。俺に好意の欠片《かけら》もない相手だぞ。

そんな相手に衝動のまま手を出してみろ。下手《へた》したら通報される。セクハラ容疑で人生詰む。

やはり、まずはちゃんと言葉で伝えるべきだ。

「ちょっ、何よ？　枝豆好きなんだもん」

手は握ったまま、じっと広瀬を見た。こっちはどうにか口説《くど》き文句を捻《ひね》り出そうとしているのに、やはり広瀬にはまったく伝わっていない。

「わかった。あんたの分も枝豆頼んであげるから」

「枝豆は関係ない。離れろ、そこから」

「あんたが枝豆食うのやめろって言ったんじゃない」

「食うのをやめて話を聞けって意味だ」

「あ、ごめん。聞いてます。はい」

ようやくかしこまって聞く姿勢に入った広瀬に、意を決して口を開く。

「お前、俺と付き合わないか？」

＊＊＊

途中で飛び込んできた小野田に全部持っていかれ、俺はトイレに逃げ込んだ。

少し頭を冷やそうと洗面所で顔を洗い、目の前の鏡を見る。

……一体、どんな顔をしてあんなことを言っていたんだろうか。

そう思うとまた、頭やら顔やらが熱くなる。

「……くそ！」

恥ずかしいし、情けない。初めて恋心を自覚したというのに、テンパるばかりで何一つ上手《うま》く伝えられなかった。

洗面台の鏡に映る自分は、濡れた前髪を額《ひたい》に張りつかせ、ひどく間抜けな顔をしていた。

「……好きだったのか」

今にして思えば、ずっと惹かれていたのかもしれない。もう随分と前から。菜穂がしきりに広瀬を敵視していたのも、あながち間違っていなかったのだと気づかされた。女の勘って奴は恐ろしい。俺自身はまったく気づいていなかった感情を、見抜いていたのか。

自覚してしまったら、もう歯止めがきかない。

もっと近づきたい、広瀬のことが知りたい。

込み上げてくる欲求が一方的なものだとわかってるから、気持ちが焦る。考えているうちにまた頭に血が上《のぼ》ってきて、いくら顔を洗っても収まりそうになかった。

諦めて座敷に戻ると、広瀬と小野田が楽しそうに酒を酌《く》み交わしている。それが面白くなくて、黙ったまま元居た場所に座ると、広瀬がいつもと変わらない調子で声をかけてきた。

「来栖大丈夫ー？　もう酔いが回った？」

「……なんともない」

ああ。これが温度差というやつか。

その差がどれ程苦しく惨《みじ》めか、我が身をもって思い知ることになった。

居酒屋からの帰り道、すっかり仲直りをした小野田と広瀬が、肩を寄せ合って歩いている。

今更ながらこの二人は仲が良過ぎる。そのことにイラッとしながら、今後のことを考えた。

今、広瀬の中で俺は男として見られていないどころか、飲み仲間としても小野田より下になる。しかし、俺は飲み友達になりたいわけではないのだ。

まずは広瀬に、俺を男として意識させないことには始まらない。だからといって、気持ちをストレートに伝えたとしても、今は信じてもらえないか瞬殺されるかだ。なら、どうするか。

ご機嫌な様子で小野田と歩く広瀬の後ろ姿を見ながら、考える。

こんなに強い衝動は、初めてだ。まったく手応えのない相手だというのに、どうしても捕まえたい。もう逃すつもりはなかった。

広瀬と組むことになった今回の企画は、今の俺的に都合がよかった。何かと理由をつけて、広瀬と関わる時間を意図的に増やしていく。

まずは昼飯を一緒に食うことから始めて、そのうち仕事を絡ませずとも自然に隣にいるところまで持ち込みたい……と段階を踏んでる時点で、少し自分が気持ち悪くなってきた。

恋愛とはここまで慎重に進めなくてはいけないものだったか。

今まで、自分が女を誘う時にどうしていたか思い返してみる。そういえば、あまりこちらから誘った覚えがない。大抵女のほうからアプローチがあって、それに合わせていた。それは、付き合っている時も同じだった。

しかし、広瀬相手に同じことをしていたのでは、何も進まない。警戒されないように気取られないように、俺から距離を詰めていくしかない。

昼飯を一緒に食うことに広瀬が慣れてきた頃、ようやく小野田抜きで彼女を食事に連れ出すことに成功した。

いつものオッサン居酒屋じゃない、女が喜びそうな店に連れて行く。そわそわとどこか居心地悪そうにしている広瀬を見て、この選択がよかったのか悪かったのかの判断がつかない。

こんな店は嫌だっただろうか、とか。それとも、可愛らしい店に慣れないだけだろうか、とか。

だが、食後のデザートが運ばれてきた時だった。

「あー、こういうわくわく感、忘れてたかも」

そう言いながら、皿の上のフルーツタルトを見つめる広瀬の目がキラキラしていて、一瞬言葉に詰まる。感情がそのまま顔に出る素直な広瀬が可愛らしくて。

俺が広瀬の反応一つ一つにこんなにも振り回されているのに、彼女はまったく気づかない。

「そりゃ。焼き鳥の串が抜群に似合う女だもんな」

狼狽《うろた》えてしまったせいか、つい余計なことを言ってしまった。異性として意識させたいのに、これではまったくの逆効果だ。馬鹿か、と自分を殴りたくなる。

「あれはあれで、わくわくするんだけどねー」

広瀬は特に気にした風もなく、ベリーののったフォークを口に運んで溶けそうな顔をしている。

いつもの広瀬も悪くないけど、やっぱりこういう一面をもっと見たい。

店を出て、駅までの帰り道。店で食べたカスタードクリームをいたく気に入ったらしい広瀬は、いつになくご機嫌だった。

「商品の主役をカスタードクリームにする、というのはどう？」

「お前、さっきの店のカスタードに感動するのはわかるけど、あの美味《うま》さは店で食ってこそだぞ。コンビニ用の商品で、あれを再現するのは難しい」

広瀬の好むものを作りたいとは思うが……あのカスタードはコンビニスイーツとは次元が違う。

「それは私もわかってる。けど、やっぱりあのとろ甘、再現したいなぁ。無理かなぁ」

「まあ、商品開発部に相談することはできるだろうけど、実際どこまで近づけられるかだな……」

あの店のカスタードは、シュークリームに入ってるようなものより、ずっとさらりとしていながら濃厚だった。

だが、相談するだけなら損はないし、開発部から上手《うま》く代替案が出てくるかもしれない。

そんなことを考えているうちに、三叉路に差しかかった。

帰りは広瀬とは別の駅になるから、ここで道が分かれることになる。

「じゃあそこら辺を、明日まとめてみようよ。商品開発部に相談できるように」

案の定、広瀬はそう言って手を振った。

広瀬が帰ってしまう。そう思うと、勝手に足がついて行った。

「何?」

「……送る」

「えっ? なんで? いいよ別に」

別に、一緒に居た女を駅まで送るくらい普通だろう、家まで送ろうなんて言ってないのに。

いや、これは俺が悪いのか、今まで一緒に飲んでも一度だって広瀬を女扱いしたことはなかった。それに、広瀬自身が女扱いされようと思ってない節もある。

「腹ごなしに歩きたい気分なんだよ。いいだろ別に」

「まあ……私もさっきのデザートの感動を語り足りないし。じゃあ、お願いします?」

語尾を上げて、同時にちょっと広瀬が首を傾けた。たまにナチュラルに可愛い仕草をするから、こっちはたまらなくなる。

まったく気持ちは伝わらないし、今も広瀬の中で俺はいけ好かない同僚で、ちょっとした飲み仲間のままだけれど。

「じゃあ、カスタードに合わせられるフルーツを順に挙げていこう。できるだけ秋らしいやつ」

広瀬の提案で、駅までの道を歩きながら、互いに秋を思わせるフルーツを挙げていく。他愛ない会話をしつつ隣を歩く——ただ、それだけのことが楽しくて、仕方がなかった。もっと、広瀬と時間を共有したいし、ずっと話していたい。慎重に事を進めようと決めたはずなのに、一緒にいると離れがたくて気が逸《はや》る。

だから仕事にかこつけて、つい誘ってしまっていた。

「で、お前、今度の土曜ヒマ?」

どうせまた、「は?」とか「なんで?」とか言われるんだろうと覚悟する。

しかし次の瞬間、驚くべきことが起きた。

「うん、暇だけど……行く?」

「えっ」

まさかの色よい返事があって、驚いて固まってしまった。それを広瀬が、可笑《おか》しそうに笑う。

「って、なんでそんな驚いてんの? 誘ったのそっちじゃん。もしかして、男がスイーツの食べ歩きするのが恥ずかしいの?」

「……うるさい」

人をこんなに振り回しておいて、ほんとにムカついてムカついてしょうがない。

「来栖ってかなり甘いもの好きだよね。別に恥ずかしがらなくてもいいじゃない」

「俺は普通だよ。じゃあ土曜日な」

恥ずかしくなって、それに「やっぱりやめた」と撤回されても困るので、さっと会話を終わらせる。

それにもう、駅は目の前だ。ここまでの道のりがやけに短く感じた。その時――

「……和真さん？」

名を呼ばれた方向を見ると、女ばかりのグループの中に菜穂の姿を見つけた。

その顔は、ひどく傷ついたような表情をしていた。

先に帰るよう広瀬を促《うなが》し、駅の改札へ消える背中を見送った後。

菜穂に向き直る。

「……戸川」

近寄ると、今にも泣き出しそうな表情で顔を真っ赤にしていた。

今なら少し、菜穂の気持ちがわかる気がする。

菜穂が少しずつ歪《ゆが》んでいったのは、俺のせいだ。同じ気持ちできちんと向き合えないなら、付き合うべきじゃなかった。

顔がタイプだとか、話し方の雰囲気がいいだとか、第一印象で彼女に感じた好意と、今自分が広瀬に抱《いだ》いている感情は、まるで違う。

そんな感情があることを、俺が知らなかっただけだった。

「俺を振ったのは、お前だろ」

菜穂の後ろに、彼女の同僚がいる。

自分から別れた、と言うことで菜穂のプライドが守れるなら、それでいいと思った。

チラッと後ろを目線で示し、同僚の存在を思い出させる。すると、菜穂がぐっと唇を噛みしめた。

「いくらなんでも早過ぎると思っただけです。来栖さん、ほんっとに軽いんですね」

「広瀬とはそんなんじゃない。勘違いされて妙な噂になるのだけはごめんだからな」

そこだけは、はっきり言っておかなければ広瀬に迷惑がかかる。外野にも聞こえるように言うと、菜穂が肩を竦《すく》めて笑った。

「そうみたいですね。広瀬さん、来栖さんにはまったく興味ないみたい。前の彼氏と付き合ってた時と全然違いますもん」

「……広瀬が付き合ってた男、知ってるのか？」

「知ってますよ、本人たちは隠してたみたいですけど……以前商品開発部にいた人です。私もその時、商品開発部の人と付き合ってたから」

「……へえ」

これまで付き合った男の一人や二人くらい、いるだろう。別におかしなことじゃない。なのに、動揺した。それをどうにか押し隠す。

「一度見かけたんですよ、二人が腕組んで歩いてるところ……広瀬さんうっとりした顔しちゃって、あ、恋してるんだなってすぐにわかりました。職場で見かけるイメージと随分違ってたから、覚えてたんですよね」

「あの、広瀬がねぇ……」

興味がないように装《よそお》うとしたが、悟られた。

くすっと笑った菜穂が、俺にだけ聞こえる小さな声で囁《ささや》いた。

「動揺してるじゃないですか」

「別に、俺は何も」

「……その人、帰ってきますよ」

その一言で、いよいよ感情を取り繕《つくろ》うことができなくなった。

「帰ってくる？」

「中部支社に転勤してたんですけど、こっちの商品開発部の課長が病気入院でしばらく動けないから、急遽呼び戻されることになったそうです」

あからさまに顔を顰《しか》めた俺に、菜穂の赤い唇が三日月型に歪《ゆが》んだ。

「……詳しく知りたいですか?」

こいつが何を考えて、俺を動揺させようとしているのかわからない。いや、そもそも過去の話を、広瀬本人からでなく第三者から聞くのはどうなのか。

「……どうします?」

それでも——戻ってくるという、男の情報が知りたい。広瀬が、俺には見せない顔を見せる男。

俺は手のひらに爪が食い込む程、強く拳《こぶし》を握った。

5　マメな男は愛される?

土曜日は、朝からいい天気だった。今日は、来栖と会う約束をした日だ。

昨夜、仕事を終えて家に帰ったら、来栖から待ち合わせの時刻についてメッセージが届いていた。その早さにちょっとびっくりする。

休日の朝九時に待ち合わせって。スイーツの食べ歩きをするのに、朝九時からって。

しかも、朝飯は食べてくるな、との注意書きがあった。どこかでモーニングでも食べるつもりにしているのか? 朝ぐらいゆっくり食べてから出たいのだけど。

一応、早過ぎるとメッセージを送ったが返事はなく、仕方なくその時刻に間に合うように起きて準備をした。

今日はたくさん食べられるように、パンツスタイルじゃなくワンピースにした。開襟でボタンが腰まであり、ウエストにリボンを緩《ゆる》く結ぶ。楽ちんなのにラフ過ぎないのでお気に入りだ。

足元は歩くのを見越してスニーカー。それに、白のカーディガンを羽織る。

待ち合わせの駅は、ショッピングするのに便利な街にあった。大通りにはお洒落《しゃれ》なブランドショップや飲食店が並び、隣の駅まで続いている。大通りを少し外れれば、緑を多く残した自然公園などもあり、デートスポットにもなっている。

待ち合わせ時刻の少し前に駅に着いて、辺りに視線を巡《めぐ》らす。探してしまうのはついつい、いつものスーツ姿。でも、考えてみれば今日は休日だ。さすがにスーツのわけはない。

それからすぐ、改札を出たところにラフな装《よそお》いをした来栖を見つけた。

……さすが、何着ても似合う。

淡い色のジーンズにスニーカーを合わせ、上は白のニットに七分袖のジャケットを羽織っている。背が高くて目立つので、通りすがりに振り返る女子の多いこと。

「おはよ！　来栖！」

真横から近づいて、ぽんっと腕を叩けばびくっと肩が跳ねた。

そんなに驚くことでもないだろうに。

「……ああ、おはよう、ひろ……せ……」

私の顔を見て一瞬和《やわ》らいだ目が、私の名前を言い終わる頃には軽く見開かれている。

普段の来栖は、あまり表情が変わらないイメージだけど、案外思っていることが目に出る。なので、結構わかりやすいなと思う今日この頃。

大方、ワンピースなんて私のイメージじゃないと言いたいのだろう。

「何よ、似合わないって言いたいの？」

「は？　違う、そうじゃなくて」

「いいでしょ、ワンピースのほうがたくさん食べられるし」

言いながら、スマホを取り出し電車の中で検索した店舗の画面を見せた。

「これ、まずはこのパンケーキの店に行きたいんだけど……開店が十一時なのよね」

「……じゃあ次に行きたい店は？」

「このクレープの店だけど、こっちもさすがに九時には開いてない。……だから言ったのに。九時は早過ぎない？　って」

誘っておきながらその後メッセージをスルーされたのでは、こっちは従うしかない。

「いいだろ、朝飯から食えばいいと思ったんだよ」

「え。朝ご飯に甘いの食べるってこと？」

別に私は構わないが、どんだけ甘党なんだ。

「ごちゃごちゃ言ってないで、とりあえず歩こう。ほら」

「えっ」

ぐい、と腕を掴まれて隣を歩くように促《うなが》される。だけど、歩き始めても来栖の手が私の腕から離れない。掴まれた位置的に、手を繋ぐという感じでもないし、ものすごく不自然だ。いや、私と来栖が手を繋ぐ理由もないわけだけど。

戸惑って掴まれた手と来栖の顔を見比べる。

「ちょっと、歩きにくい」

「…………悪い」

手は離れてくれたが、ものすごく不本意そうに見えたのは、気のせいだろうか。すたすた、と速いペースで歩く来栖に慌てて速度を合わせる。チラッと横目で私を見た後、彼は少し歩調を緩《ゆる》めてくれた。そういうところはさすがに女慣れしているな、と感心したところで、ふと思い出した。

「そうだ。この間の夜、戸川さん、大丈夫だったの？」

今日会ったら聞こうと思っていたのだ。

先日、来栖と食事をした帰りに戸川さんと遭遇した。あの時のことが、ずっと気になっていたけれど、会社で聞くこともできずそのままになっていた。彼女は私と来栖のことを誤解していた様子だった。あの表情を見る限り、彼女はまだ来栖のことが好きなのだろう。

「ああ」

来栖は一瞬、表情を硬くした気がした。

「……別に、問題ない」

「ほんとに？」

「ああ。はっきり、もう付き合えないと伝えてあるし。嫌な思いさせて悪かった」

来栖が申し訳なさそうに眉を寄せた。だけど私は、あの時嬉しかったのだ。

——広瀬はそんな奴じゃない。

きっぱりとそう言ってくれたことが嬉しかった。

「全然。先に帰って大丈夫だったか心配してただけ。庇《かば》ってくれてありがと」

てっきりまた「別に」とかぶすっとした顔で言われるのかと思ったけれど、何か、照れたような気まずそうな複雑な顔をされる。

「来栖？　どうかした？」

「なんでもない」

そう言うと、ちょっとだけ歩調が速くなった。やっぱり照れているような気がする。

そのまま後をついて行くと、来栖は立て続けに二軒コンビニに入って、まだ食べたことのない新発売のスイーツを買った。一緒にテイクアウトのコーヒーも買い、遊歩道のある大きな公園まで来てベンチを探す。

「これ朝飯にして、さっきの店は昼に行こう」

「……いいけど。来栖、ほんとに甘いもの好きなんだね」

「めちゃくちゃ好きってわけじゃないけど、嫌いではない」

「いやいや好きでしょ」

ベンチはあるが、結構陽射しが強い。それより、大きなクスノキの下の芝生《しばふ》のほうが気持ちよさそうだった。

「来栖、こっちにしようよ。太陽の下はきついぃ」

「わかった」

「レジャーシートでも買えばよかったねー」

しゃがんで、ぽんぽんと手で芝生《しばふ》を上から叩いてみた。綺麗な芝だし、濡れてもいないからまあ、大丈夫だろう。

来栖が手にしていたコンビニの袋を芝の上に置く。それから、着ていたジャケットを脱いで芝生《しばふ》の上に広げた。

「この上に座れ」

「えっ！　いいよ、そんな気を使う服でもないし」

「尻のとこ汚れたままでずっと歩く気かよ。ジャケットなら汚れても手に持ってりゃいいし」

どうした、来栖。

こんなに女に気を使うタイプだったの？

だったら、もうちょい彼女と長続きしてもよさそうなのに……。そんなことを考えながら、おずおずとジャケットの上に座ると、来栖がすぐ隣に腰を下ろしてきた。

「……って、来栖も座るの⁉」

「俺だってケツが汚れたまま歩くのは嫌だ」

大きく広げたジャケットだが、二人で座るにはかなり狭い。

「ちょっと胡坐《あぐら》かかないでよ、余計狭くなるじゃない！」

「このほうが楽なんだよ。お前もやれば？」

「できるかぁ！」

いくらなんでも公共の場で、しかもワンピースを着て胡坐《あぐら》をかく程、女を捨ててない。

なんだかんだ文句を言い合いながら、買ってきたスイーツを手に取る。来栖の横顔は少し嬉しそうだった。

イチゴミルフィーユ、クリームプリン、チョコレートケーキにティラミスと、マカロン。こうして見ると、結構な量がある。

「いくらなんでも、これ全部食べたら食べ過ぎだよね」

「食べ歩きって言ったらそんなもんだろ。これ、俺食ってないからもらっていい？」

「あ、私も好きだから一口欲しい」

「じゃあ半分にするか」

そんなこんなで、買ってきたスイーツを二人で半分ずつ食べたら、さすがにお腹がぱんぱんになった。コーヒーはブラックにしておいて正解だ。

「あー、美味《おい》しかったけど、苦しいー」

「次行く前に、腹ごなしでもしないと食い続けるのは無理だな」

「大体、買い過ぎなんだって！　行きたいお店いっぱいあるのにー！」

「企画のためなんだから、コンビニスイーツが本来主役だろ」

そりゃそうなんだけどー！

私にとっての食べ歩きは、企画のためというより、美味《おい》しいものを食べてインスピレーションを刺激したいというか、英気を養いたいというのが目的だ。

お腹をさすりながら遊歩道を歩き、途中のゴミ箱にコンビニスイーツのゴミを捨てる。

「あれ、乗るか。腹ごなしに」

来栖が指差した先には、大きな池があった。

池の縁に立てられた、レンタルボートの看板が見える。

それを見て、私は顔を顰《しか》めた。

「えー……やだ」

「は？　なんで」

「私、泳げないから水の上はだめ」

「いや、ボートだから泳げなくても平気だろ」

「だって転覆したら嫌だし」

「しねぇよ」

私がぐずっていると、痺《しび》れを切らした来栖に手首を掴まれ、引っ張られる。

「えー、ほんとに乗るの？」

「動かないと腹減らないだろ」

だからって、ボートって。

なんか。なんかさあ。私と来栖でボートに乗るって、変じゃないだろうか。

しかし、どうしてもボートに乗りたいらしい来栖に手首を掴まれたまま、ボート乗り場まで強制連行されてしまった。

私をボートに乗せた来栖は、船着き場を離れて池の深いほうへと漕《こ》ぎ出す。

「ちょっ、ちょっ、揺れる揺れる！」

「縁にしがみつくほうが傾くんだよ、怖けりゃ中心にいろよ」

「はいっ」

オールを握っているのは来栖だ、水上で奴に逆らってはいけない。

大人しくボートの真ん中で三角座りをしていたら、ちょっとずつ揺れにも慣れてきた。

確かに、こちらが下手《へた》に動いたりしなければそれ程揺れないらしい。

慣れてくると、いい天気の中、水上は少し空気がひんやりとしていて気持ちよかった。

少し遠いところで親子連れのボートが、「魚がいる」と騒いでいる。興味を引かれて、ちょっとずつ縁に近寄り、両手で縁にしがみついて池の中を覗いてみた。

「んー、見えない」

「何が」

「魚」

ぎこ、ぎこ、と規則的だったオールの音がやんだ。

「ちょっ！　だめだめだめ！　来栖まで覗いたらひっくり返るでしょ!?」

「そんな大きく揺らすわけないだろ」

「ぎゃあ！　揺れたって！」

「うるさいな」

うるさいとか言いつつ、顔が笑っている来栖。

こっちは本気で怖がっているというのに、ちょっとむかつく。

「あ、いた。でけぇ」

「え、どこ？」

来栖が指を差したところを見ると、確かに大きな灰色の魚がゆったりと泳いでいる。

その魚は、すぐに藻《も》で濁《にご》った水の中に消えていった。

「ほんとだ、デカい」

「な？」

特にそれ以上の感動もなく、来栖は再び黙ってオールを漕《こ》ぎ出す。

「……ってか、これって来栖がカロリーを消費するだけで、私はちっとも腹ごなしにならないんだけど」

「だったらお前も漕《こ》ぐ？」

「いい。そっちに移動するとかムリ」

再びボートの中央で大人しく三角座りをし、膝に肘を乗せて頬杖をつく。

ただひたすら、水の上でボートのオールを漕《こ》いでいるだけなのに、来栖はそれなりに楽しんでいるのか、ちょっとだけ口の端が上がっている。

「……で。この後、どこの店に行きたいんだっけ？」

池の真ん中くらいで、来栖が一度ボートを漕《こ》ぐのをやめる。私は、スマホで検索した店の画面を見せようと、怖々と来栖のほうに近づいた。

「パンケーキのお店だけど、まださっきのコンビニスイーツが残ってて、さすがに苦しい」

「じゃあ、次のクレープから行くか」

私が差し出したスマホを、来栖は上半身を屈《かが》めて覗き込んでいる。私も一緒に覗き込みつつ、指で画面をスクロールさせる。画像付きで表示されたクレープのメニューは、どれも美味《おい》しそうだ。

「そうしようかな。ツナクレープ食べたい」

「スイーツじゃねえし……」

「いいでしょなんでも。来栖は何がいい？」

ぱっと顔を上げる。すると、思っていたよりもかなり顔を近づけてスマホを見ていたことに気がつき、一瞬思考が奪われた。

目の前に、私の持つスマホを覗き込む来栖の顔がある。伏せた目の睫毛《まつげ》が長い。切れ長の綺麗な形のアーモンドアイと、すっと伸びた鼻筋。なぜかそこから視線を外せないでいると、来栖が言った。

「アイスクレープだな。暑いし」

その声に、はっと我に返る。来栖が顔を上げる前に、私は彼の顔から無理やり目を逸《そ》らした。

「よし。じゃあお昼を食べたら、次の腹ごなしの方法は私が考える」

私は内心の動揺を抑え込み、わざと明るい声でそう宣言した。

びっくりした。あんな綺麗な顔してたっけ。

いつもより少し速い心臓の音を聞きながら、私はイケメンってずるいと思った。

広い池をほぼ一周して、船着き場に戻ってきた。

ボートは乗り降りの時が、一番揺れる。

木で組まれた足場に移ろうとしたら、手すりまで微妙に届かない。みっともないけど床に手をついて降りようとした時だった。

「広瀬、手」

「えっ」

「こっち掴まれ」

先に降りていた来栖に、ぐい、と腕を掴まれて船着き場に引き上げられる。その瞬間、ボートがぐらっと揺れて、慌ててもう片方の手も伸ばして来栖の腕に掴まった。

不安定な体勢ではあったが、身体を持ち上げるようにして支えてくれていたので、難なく足場に移ることに成功。

「……おお、ありがとう」

「うん」

身体を支えられているのだから当然だが、またしても来栖とやたら距離が近くて、ちょっとたじろぐ。……っていうか、来栖、結構気が利く奴なのか？

さっきも芝生《しばふ》にジャケット敷いてくれたりしたし。

「来栖……あんた、なんでいつも彼女と続かないの？」

来栖に女性扱いされるのが何やら擽《くすぐ》ったく、誤魔化すようにそんなことを言った。

実際、不思議だ。こんなに気遣いのできる男なら、普通、彼女とあんなに短期間で別れるようなことにはならないと思うのだが。

「は？」

突然の私の言葉に、来栖はぽかんとしていた。

「やっぱり、女ってちゃんと自分に目を向けて手をかけてくれたら嬉しいし、声もかけて欲しいもんだし……こっちが何も言わないうちに助けてくれたりすると嬉しいのよ。そういうところを見せてたら冷たいなんて言われないのに」

「……へー……広瀬も？」

「そりゃあ、好きな人に構ってもらえたら嬉しいよ」

「ああ、そう……」

遊歩道を横断しながらの会話で、ついお節介なことを言ってしまう。今みたいな一面があるのに冷たいと言われるのは、なんかもったいないと思ってしまった。

「もったいない。もったいないよ来栖」

「あ?」

「小野田と三人でメッセージする時もさ、来栖いつも素っ気ないでしょ。そういうとこで冷たいって思われたら損だと思うよ」

「そんなことないだろ。普通にしてるつもりだけど」

「たとえば、飲み会の待ち合わせ時間とかでやり取りするでしょ。こっちが『じゃあ明日ね』とか入れたら、小野田はなんか返してくれるのに来栖はしないでしょ」

そう言うと、それの何がいけないのかと来栖は眉を顰《ひそ》め、心底わからないといった顔をする。

「『じゃあ明日』って言われたら、明日だなって思う。それでいいだろ」

「よくない! 『楽しみにしてる』とか、最後にちょっとやり取りするだけで全然印象違うんだからね!」

「……めんどくせえ」

「またそういうことを」

来栖みたいなタイプには、確かに面倒くさいことかもしれないけど。

ほんのちょっとのことで、印象がよくなるんなら、そっちのほうがずっといいと思う。

「……他には？」

てっきり、聞き流されると思っていたら、意外にも来栖が続きを促《うなが》した。

「え、他？」

「……どんなことされたら嬉しい、とか。他にもある？」

他に、というのは、メッセージのやり取りのことを言ってるのだろうか？

来栖が珍しく私の言い分を聞き入れようとしていることに首を傾《かし》げながらも、自分が欲しくても、してもらえなかったことって、後になっても心に残っているものだ。

『欲しかった』ことを思い出しながら伝えた。

「んー、たとえばだけど……用がある時だけじゃなくて、たまにはしょうもないことでもメッセージとか電話が欲しかったかな」

「……しょうもないことをわざわざ送ろうという発想が難しい。そういう習慣がない人間にとったら、まずしょうもないことが思いつかないんだけど」

「そうなんだろうけどね。別に毎日声が聞きたいとか、甘ったるいことを言えとは言わないからさー、なんか、こう……」

説明が難しいが。

たとえば、歩いていたらやたら猫に懐《なつ》かれて困ったとか、久しぶりに虹を見た、とか。

「日常のちょっとしたことを教えて欲しいっていうか……」

「ふーん……」

「ふとした時に、何気なく私のことを思い出したとか、そういうのが欲しいっていうのかなあ」

「あー……なるほど」

そこで、やっとこ相手の理解が得られたらしい。

「うん。私はもう、来栖がそういうのが面倒な奴なんだってわかったし、気を使わないでもいいけどさ、次に彼女ができたらそうするといいよ」

「わかった……好きな女には、そうする」

「うん」

今日はやけに、来栖が素直だ。

私たちは公園を出て、目的のクレープ専門店に向かうべく大通りを歩く。

それにしても、来栖はボートを漕《こ》いで運動したかもしれないが、私はまったくカロリーを消費していない。クレープを食べたら、またしばらくは何も入らなくなりそうだ。

次に行く前にしっかり運動をしなければと考えていると、ある大型雑貨店の店頭に出ていたものが目に飛びこんでくる。どうやらレジャー関連商品のセールのようだった。

「来栖！　次はあれでカロリー消費しよう！」

ぽん。

緩《ゆる》やかな軌道を描いて空へ上がったシャトルに向かい、私は勢いよくラケットを叩きつける。

「うおっ！」

パシュッ！

鋭い音をさせ来栖の足元を狙うが、ギリギリのところで来栖が上手《うま》く拾った。

二人でクレープを食べた後、さっきの雑貨店でバドミントン用具のセットを買った。本格的なものでなく、レジャー用のおもちゃみたいなものだけど、それで十分だ。

私たちは再び公園に戻って、今現在バドミントンに夢中になっている。

「お前っ！　なんでそんなに上手《うま》いんだよ！」

「高校の時バド部だった！」

「ずるいだろそれ！」

ラリーをしながら、来栖の息が上がっている。またしても高く上がったシャトルに照準を合わせ、ラケットを高く構えた。

「スマーッシュ！」

「ちょっとは手ぇ抜けよ‼」

なんだかんだ言いながらシャトルを拾う来栖は、やっぱり運動神経もいいらしい。

やばい、すごく楽しい。

スイーツの食べ歩きが目的だったはずなのに、気がつけば目的そっちのけで夢中になってラリーをやっていた。久しぶりすぎて最初は中々続かなかったが、そのうち勘を取り戻しシャトルを落とす回数が減ってくる。なにより、初心者のはずの来栖が上手《うま》い。

思わず来栖と真剣勝負をしたくなった私は、ラケットを来栖に差し向けてはしゃいだ声を上げた。

「来栖、試合やろう！」

「いいけどハンデよこせ」

「なんで？」

「お前経験者、俺素人《しろうと》！　どう考えたって俺のほうが不利だろ！」

「来栖男、私女。はいハンデ！」

そもそもコートなんてないし、来栖はルールもわかんないだろうから、全部適当。ようは自分の周りでシャトルが落ちたらアウトだ。

「負けたほうが酒を奢《おご》る。決まりね！」

「……よし。いいぞそれで」

いくら来栖が男でも、私のほうが有利なのは違いないと思うんだけど、来栖はあっさりと承諾した。

それから、約一時間程経っただろうか。

試合は異様な程に白熱した。初夏の日中、今日は天気もよく陽射しが強くて、気温がぐんぐん上がっていた。

「……あっつ」

「あつい……やべぇ……」

ようやく、『暑い』ということに気がついた私たちは、試合を一時中断して膝に手をつきインターバルを置く。

「……とりあえず、今ので俺が一点リードだな」

「は？　何言ってんのさっきのは私でしょ。落ちたとこ来栖のほうが近いじゃない」

「いやギリでそっちのほうが近い」

「そんなことないわよ」

最後にシャトルが落ちたのは、二人のほぼ真ん中辺りだ。

互いに歩み寄ってシャトルに近づき、確かめる。

「ほら俺だ」

「ほらね、私」

勝ちを譲る気はお互い、さらさらない。

そうして睨《にら》み合う間も、さんさんと降り注《そそ》ぐ日光にジリジリと肌が焼かれている。動きを止めたことで息は整ってきたが、どっと汗が噴き出してきた。

「……試合続行？」

「いや、待て……暑い」

くら、と眩暈《めまい》を感じたように、来栖が目を細めた。

「まあいいか……お前の勝ちで。酒は俺が奢《おご》る」

「やったー！　ビール飲みたい！　今すぐ！」

ラケットを手にしたままバンザイをしたら、来栖が呆れたように笑った。

二人揃って汗だくで、今飲んだらきっと最高に美味《おい》しいだろう。

「すぐって、スイーツ食べ歩きはどこいったよ」

「……うーん、喉渇いて……もうだめ」

勝敗が決定したところで、私もどっと疲れがきた。自分の姿を見おろせば、汗でワンピースの上半身がぐっしょりで、スカート部分も足にまとわりついている。

何やってんだ私。

ワンピースでここまでハッスルするか普通。

「この状態で店入るのは、さすがに抵抗ある……」

「お前がムキになるからだろ」

「お互いさまでしょ」

来栖も汗でびっしょりで、手の甲で額《ひたい》の汗を拭《ぬぐ》っている。そこでふと、気がついた。

私の顔は今一体どんな状況だ。

顔にそろっと触れてみると、案の定べたっとしている。ファンデが溶けてぬるっとしてるし、目の周りも汗で濡れていた。

「広瀬？」

「ごめん、ちょっと、鏡見る」

木陰に置いてあったバッグを取りに行き、その場にしゃがんでバッグの中からファンデのコンパクトを取り出した。

「……げっ」

予想通り、汗でファンデがよれている。更にアイメイクも汗でほとんど流れてしまっていた。

「……別に、そんな酷くもないだろ」

「わっ！　ちょっと見ないで！」

「元からそんなに濃いメイクしてないから、ぱっと見そう変わんないけど」

ひょい、と横から顔を覗かれて、咄嗟《とっさ》にコンパクトの陰に隠れる。

いや、それで隠しきれるわけじゃないが。

「そうだけど、アイラインとか落ちてるし、黒くなってる」

「間近で見ないとわからないけどな」

言いながら、よく見ようとしたのだろう。来栖が更に顔を近づけてきて、間近でばちっと目が合った。そこで来栖も距離の近さに気づいたらしい。私の顔を見たまま、なぜか固まった。

「え……そんな酷い？」

「え。ああ、いや、酷くない……」

あんまり凝視されるものだから、思わず顔を手で隠したら慌てて距離を取られる。

そうして来栖は、何かを考えるようにあらぬ方向を向いた。

「……タクシー乗るか」

「え？」

「その格好で店に入りたくないんだろ。だったら電車も嫌だろうし、タクシーで送る」

行こう、と促《うなが》されて立ち上がる。確かにそう言ったが、帰りたいという意味ではなかった。けれど、店に入りづらいのもまた確かだ。斜め後ろから見た来栖の耳がひどく赤くなっているので、これ以上屋外にいたら間違いなく熱中症になってしまうだろう。

「……そうだね。帰ろっか」

「酒は、また今度奢《おご》ってやるよ」

もちろん、それもあるけども。

今日が本当に楽しかったせいか、なんとなく名残惜《なごりお》しい。帰りたいような帰りたくないような、複雑な気持ちで私は来栖の少し後ろを歩き出した。

大通りに出ると、すぐにタクシーはつかまった。車内はエアコンが効いていて少し寒いくらいだった。一気に汗は引いたけど、やはりベタベタは残る。

残念だけど、帰ろうと言われてしまった以上、引き留めることもできない。

「あーあ、ご飯も行きたかったのにな」

もうちょっと考えて遊べばよかった。

「……酒はちゃんと奢《おご》るって。俺の負けだし」

「それもあるけど、なんか久々に楽しかったからさ」

スイーツの食べ歩きが目的ではあったけど、予定外のボートやバドミントンがすっごく楽しかった。

「まあ、汗かいたし来栖も気持ち悪いだろうから、帰るしか……」

ないか、と言おうとして何気なく隣を見ると、こちらを食い入るように見つめる来栖と目が合う。

「どうかした？」

「……いや。俺も、うん。楽しかった」

「そっか、よかった。お互い、いい気分転換になったね」

嬉しかった。

私が楽しかったと思ったように、来栖もそう思ってくれたらしい。

「……やっぱり飯行くか？　服を着替えた後で」

「いいよ。シャワー浴びたらもっかい集合しようか。来栖んちってどこ？　私の家から遠い？」

「あー、だな。お前んとこからタクシーだと無理があるから、一旦駅まで行って……けど、遅くなるな。俺はどっかで適当に待ってるわ」

「え、シャワーしないの？　着替えは？」

「……汗臭いか？」

くん、と肩の辺りの匂いを嗅《か》ぐような仕草をする。

「別にそれ程でもないけど……」

隣にいて気になることはないが、私だけシャワーを浴びてさっぱりするのも気が引ける。

「あ、ならうちでシャワーしてく？　着替えはないけど」

「は？」

「いや、あるわ。あるある、そういえば」

男物が一式。……下着はないけど。

「そうしなよ来栖。その後、一緒に飲みに出ればいいじゃない？　下着だけコンビニで買って」

いい提案だと思ったのだが、なぜだか来栖はどっと疲れた顔をする。

「来栖？」

「……どこから突っ込んでいいやら」

「何？　嫌なら無理には」

「行く。行ってやる。行けばいいんだろ」

「なんで怒ってんの？」

来栖はすっかり拗《す》ねた顔になってそのまま窓の外を向いてしまった。タクシーはそれからすぐに私のマンションの前に停車する。降り際に、なぜか運転手さんが「兄ちゃん頑張れよ」と来栖を励《はげ》ましていた。

各階四部屋ある五階建てワンルームマンションの二階に、私の部屋がある。出入り口からは狭く見えるが、奥行きのある細長い建物だ。

「ここ。ここの二階ね」

「へえ」

「来栖、下着買わないといけないでしょ。コンビニ、ここまっすぐ歩いてったらすぐあるよ。来栖が戻ってくるまでに、シャワー浴び終わってるようにしとくから、戻ったら電話して」

「……うん？」

「あ、来栖がシャワー浴びてる間は、私も外に出てるから。やっぱり気を使うでしょ？」

タクシーの中で考えていた手順を説明すると、今度はぽかんと呆けた顔をされた。

「あ。もしかして警戒心なさ過ぎて呆れてた？　いくらなんでも、いきなり部屋でシャワー浴びたら、とか言われたら引くよね、ごめんごめん。大丈夫、襲わないから！」

「いやそれ、俺のセリフな」

「来栖は私なんか襲わないでしょうが。選《よ》り取り見取りのくせに」

それでもまあ、恋人以外の男を家に入れることはまずない。長年一人暮らしをしてきたから、警戒というよりもはや習慣みたいになっている。

今はオッサン女でも、ちゃんと可愛い女だった時期もあったのだ。

でも、部屋のシャワーを貸そうと思ったのは、なんだかんだ言いつつ来栖をいい奴だと信頼しているからだ。

それに……来栖ならテリトリーに入ってこられても、そんなに気にならない気がしていた。

「じゃ！　ゆっくりペースでコンビニに行ってきてくれたら助かる。私は大急ぎでシャワー浴びるから」

そう言って、コンビニに向かう背中を見送った。その背格好を見て、ちょっと心配になる。

「お兄ちゃんの服、裾《すそ》の長さ足らないかも」

まあ、最近はアンクルパンツとか流行《はや》ってるし、来栖ならなんでも着こなすだろう。

大急ぎでシャワーを浴びて、髪を乾かしていると来栖から連絡が入った。

すでに汗でどろどろの顔を見られているから今更だろう、とスキンケアだけしたスッピンのまま出迎える。

入れ替わりに外へ出て行こうとしたら、風呂上りに外をうろうろするなと怒られ、結局私は彼がシャワーを終えるまで部屋の中で待機することに。髪がまだ生乾きだったから助かったけど。

来栖がうちでシャワーを浴びていて、その音を聞いている状況がちょっと、変な感じだった。

簡単に身支度を整えてマンションを出る。

居酒屋が開くには少し早かったけれど、のんびりと駅まで歩いて繁華街に出ればちょうどいい時間になるだろう。

なぜかやたらと遠慮する来栖に、強引に渡した服は、やっぱり裾《すそ》が微妙に短かった。

「ちょっと裾《すそ》がちんちくりんだったねー」

「……俺のほうが、脚が長い」

ぼそ、と不機嫌そうな来栖の呟きに、思わず噴き出した。

「あはは！　確かに来栖のほうが長いけど、なんで競ってんの！」

「うるさい」

「わかった、ちゃんと伝えとくわ。服貸した奴が脚の長さは勝ったって喜んでたって」

兄ちゃん、あと一センチで百八十ってとこで身長止まって悔しがってたから、きっと顔を真っ赤にして怒り出しそう。

想像してはまた噴きそうになって堪《こら》えていると、「は？」と聞き返す声が聞こえた。

隣を見上げると、来栖が愕然《がくぜん》とした顔で私を見ている。

「今も連絡取ってんの？」

「え、誰と？」

「だから……元カレ？」

一瞬きょとんとして、それからやっと来栖の勘違いに気づく。

「あ。言わなかったっけ。その服、兄ちゃんの」

「は？」

「元カレの服が残ってたら、即燃えるゴミだわ」

それを聞いた来栖は、ぽかんとした後、みるみる顔を真っ赤にした。

「早く言えよ！」

「え、だって言ったと思ってて……」

それに、元カレの服だろうと兄ちゃんの服だろうと、着られればどちらも一緒だと思うのだが。

「さっきの、言うなよ」

「え。あ、俺のほうが脚が長いってやつ？　もちろん言うよ」

「馬鹿か！　言うな！　絶対！」

別に私の兄ちゃんにどう思われようと、まず会うことはないんだし構わないだろうに。

やけにムキになって「言うな」と繰り返す来栖が可笑《おか》しかった。

ゆっくり二人で駅前まで歩いていると、一軒のカフェバーが目に入る。そうだ、ここがあったか、と指差した。

「来栖！　ここにしない？　昼間はカフェなんだけど、五時からはアルコールも出るの！　スイーツもあるし」

ここのアップルパイが、めちゃめちゃ美味《うま》いのだ。

散々運動して小腹が空いてきているし、アップルパイを食べてる間に、時間が過ぎてBarタイムに移行するだろう。そうしたら、カクテルや一品料理も頼めるので、場所を移動しなくてもいい。

「いいよ、どこでも」

そう言って笑った来栖の目に、なんとなく胸がざわついた。

近頃なぜだか、とても、表情が柔らかく感じる。

憎まれ口は相変わらずなのだが。

ダークブラウンの板張りの床に、木製のテーブルセットが並ぶ店内は、南国を思わせるタペストリーや観葉植物で装飾されている。窓際にあるテーブルに案内されて、まずは二人ともお目当てのアップルパイとアイスティーを注文する。それほど時間を置かずに運ばれてきた。

「……美味《うま》い」

フォークで最初の一口を食べた後、来栖がじっと皿の上のアップルパイを見つめて言った。

「でしょー？」

どうやら来栖もこの店のアップルパイをお気に召したらしい。さくさくのパイ生地《きじ》に、甘すぎないリンゴのフィリング。ほんのり温かいアップルパイに、濃厚なバニラアイスが添えられている。

そして、アップルパイの中身はリンゴのフィリングだけではない。フィリングの下にカスタードクリームが敷かれているのだ。

「……アップルパイもいいかもな」

無論、企画の話だろう。

私がじっくり味わっている間に、来栖がぼそりと呟いた。

「いいね、私もアップルパイ好き。だけど、ちょっとありがちかな……とか」

「そんなこと言ってたら企画なんて進まない。ありがちはイコール王道ってことだ。そこには確実にファンがいる。後は、どれだけのプラスアルファがつけられるかだが……」

ぼそぼそぼそ、と来栖が独り言のように呟き続ける。

……これは、ちょっと、初めて見る顔かも？

来栖が職場で集中して企画を練っているところを見たことがない。キーボードを叩く手は常に澱《よど》みなく動いていて、すでに頭の中に企画の内容があるのだと感じていた。つまり、いつもは誰もいないところで集中して練ってるってことだ。

それが今、突然集中モードに入ったらしい。

「……来栖が言ってた、柿とオレンジのカスタードクリームも、捨てがたいよ」

集中の邪魔かなと思いつつ、ぼそっと囁《ささや》いてみる。

普段の来栖は、なんの苦労もなくスマートに仕事をしているように見える。けどそれは、表だけのことなのかもしれない。今更そんなことに気がついた。

表面に見えているものだけが、来栖の全てではないのだ。

「……もうちょっと考えて、月曜に形にして持ってく」

「形って？　企画案にしてくるってこと？」

「うん、まあ、そのドラフトみたいな」

「言ってくれれば私も手伝うけど」

ぱく、とまた一口、来栖がアップルパイを口に運ぶ。

視線はテーブルの上に向いているが、どこかぼんやりして見える。

「俺さ、頭になんとなくあるものを、口で説明すんの苦手なんだよ」

「へー、そんな風に思ったことなかった。仕事の話とかなんでも要領いい感じがする」

「それは、ちゃんと準備してるか、すでに頭の中にはっきり答えがある場合だよ」

「ふうん」

そうなのか。

思えば、私の中で来栖の印象は随分変わった。以前は愛想は悪いし冷たいし女関係はろくな噂を聞かないし、ほんとに嫌な奴だと思ってた。けど、実は表情に出にくいだけで本当はとってもわかりやすい奴だ。

それに、今日くらい長い時間一緒にいても疲れない相手というのは珍しい。

その時ふと、照明がゆっくりと色を変えていくのに気がついた。店内にオレンジ色の落ち着いた灯《あか》りが燈《とも》り始める。

「あ！　Ｂａｒメニューの時間だ」

時計を見ると、五時を回っている。

そういえば、以前、夜に来た時はこんな風な抑えた照明だった。どうやら時間帯によって店の雰囲気を変えているらしい。

「アルコール頼む？」

「そのために来たんだろ」

「もちろん！　私、最初はコロナにしようかな」

「じゃあ、俺も」

店員がちょうど、アルコールのメニューを各テーブルに配りにきたので、ついでにオーダーする。

すぐに、飲み口にカットされたライムを差し込んだコロナビールの瓶が二本運ばれてくる。その一つを来栖から受け取りながら、不思議な気持ちになった。

つい最近まで苦手だった相手と、わざわざ休日に会ってプライベートな時間を共有している。以前なら考えもしなかったことだ。

なんだか可笑《おか》しくなり、自分の口元が緩《ゆる》むのを感じながら、ライムを指で瓶の中に押し込む。「乾杯」と来栖と瓶を合わせた時、微かな音が聞こえてきた。

バッグに入れていたスマホだ。

「ちょっとごめん」

くいっと一口、コロナを飲んでから、私はバッグからスマホを取り出した。着信音からメッセージだとわかっている。何気なく画面に表示された名前を確認し、一瞬で頭の中がフリーズした。

そこには、別れた後、一度として連絡を取ることのなかった元カレの名前があった。

――なんで今更？

意味がわからない。

自分の見間違いではないかと、メールの文面を三、四回、読み返す。

『転勤でそっちに戻ることになった』

うっかり既読を付けてしまったことを後悔する。

「広瀬？　どうかしたか？」

「えっ？」

「……広瀬？」

慌てて顔を上げて笑みを作ったけど、やはり私は、平静ではないらしい。

「なんかあったのか？」

「な、なんでもないよ……。兄ちゃんから今度泊まりにくるって連絡で、めんどくさいなって思ってただけ」

「……さっきの、マジで言うなよ。絶対だからな」

「あはは。そんな気にすることないじゃん」

笑い飛ばしている間も、頭の中はかなりテンパっていて、手の中のスマホが気になって仕方なかった。そこへ再び、メールの着信を告げるメロディが鳴る。

『会いたいね』

……コイツ何考えてんの⁉

どうしようもなくイラッとして、勢いのあまりコロナを一息に飲み干した。そうしてすぐに、別のカクテルを注文する。

「久々に運動したからお酒が美味《おい》しい。やっぱ、たまには身体動かさなきゃだめだね」

「そうだな」

今更あんなメールに動揺することなどない。もう随分前に別れた人なんだから。

この、軽い誘い方が物語っているとおり、彼にとって私は、所詮その程度の相手だったということだ。だから今、私の胸が痛いのは、単に古傷が刺激されただけ。思い出したように、こんな「遊び」の誘いをされる程度の存在だと、今頃になって思い知らされただけだ。

努めて冷静になれと自分に言い聞かせていたけれど、その夜、私はへべれけになった。

頭の中がぐるぐる回る。

「おい、しっかりしろって」

来栖にすごく近くで支えられている。そう思うのに、なんだかひどく遠くから声が聞こえた。

玄関から部屋に入った瞬間、へなへなとその場に崩れ落ちそうになる。それを真後ろから脇を通った腕に支えられた。

「……ったく、結局無防備かよ。ちょっとは意識しろ」

ぶつくさと文句を言う来栖の声が耳元で聞こえて、ほっとした。

どさ、と柔らかい場所に転がされて、目を開けたら見慣れた天井だった。

私の部屋だ。

『元カレの服が残ってたら、即燃えるゴミだわ』

そう言ったのは嘘じゃない。

全部捨てた。

勝手に残していったCDも、灰皿も使い捨てのライターも全部。

来栖には『元カレの荷物はゴミ』と伝わっただろうけれど、ほんの少し事実は違う。

だって、見たら悲しくなるじゃない。部屋に残した荷物と一緒に、私は彼から不要なものとして扱われたのだから。

だから全部捨てて忘れた。忘れるために捨てた。

それなのに、会いたいなんて、今更どの面《つら》下げて言えるのだろう。

「……広瀬」

その夜、優しく髪を撫でられる夢を見た。

もしかすると、私は寂しいのかもしれない。……そう思ってしまった。

＊　＊　＊

朝、目が覚めると、ガンガンと頭が痛くて喉がからっからに渇いていた。

今日が日曜日で心底よかったと思う。

しかし、ところどころ記憶が曖昧《あいまい》で、思い出せないことに混乱した。ひとまず落ち着いて、昨日、来栖と待ち合わせたところから順に記憶を辿《たど》る。スイーツの食べ歩きをして、どういうわけかバドミントンで白熱し、その後近場のカフェバーに飲みに行った。そうだ、そこで……あり得ない人間からメールがきたんだ。あれは夢だっけ？

夢だったらいいな、と思いつつスマホの所在を探す。ベッドから起き上がると、ローテーブルの上に二日酔い用のドリンクが置いてあり、冷蔵庫には買った覚えのないミネラルウォーターが入っていた。

きっと、いや間違いなく来栖だろう。

「……悪いことした」

絡んだっけ？　いや、ただへべれけになって担いでもらっただけ、のはずだが定《さだ》かじゃない。

ありがたくミネラルウォーターをいただいて、半分程一気に飲むと少し頭がすっきりした。

部屋の中に視線を巡《めぐ》らせると、ベッドの足元に昨日のバッグが置いてある。ペットボトルを持ったまま、ベッドに戻りバッグからスマホを取り出した。

ゆっくりと深呼吸をしてから、メッセージアプリを開く。

——獅子原裕二《ししはらゆうじ》。

夢だといいと思ってた人から、確かにメッセージが入っていたことにうんざりする。

むかむかと腹の奥が焼けつくような感覚に、ちゃっちゃとメッセージアプリから獅子原さんをブロックして、友達リストからも削除する。気分が幾分すっきりした。

それにしても、どうして今まで残してあったんだっけ？

……そうだ……別れた当時は、まだ仕事で顔を合わせる可能性があったんだ。それに、別れてすぐ、ブロックしたり削除したりして、相手に意識していると思われるのが嫌だった。

ブブッ、と手の中でスマホが振動して、思わずびくっと肩が跳ねる。

いや、今ブロックしたのだから獅子原さんのわけはない。見ると、来栖からだった。

昨夜かなり面倒をかけただろうから、その恨み言に違いないとメッセージを開く。

「……ん？」

『起きた。昨日食い過ぎて腹減らない』

ものすっごい違和感を覚える内容だった。

いや、友達と飲んだ後なら、こんなメッセージのやり取りも普通だ。けれど、これまで来栖とは、必要な連絡事項や最低限のメッセージしかやり取りしたことがない。

首を傾《かし》げながら返信する。

『こっちは二日酔いで飯どころじゃない』

すると、すぐに返事があった。

『冷蔵庫にゼリーがある』

「え、ほんとに？」

もう一度冷蔵庫の中を確認しに行くと、確かにフルーツゼリーがいくつか入ってて、思わず噴き出してしまった。

「気が利き過ぎでしょ」

というのは独り言にして、感謝の言葉を伝える。

『嬉しい。今日はこれで食い繋ぐ』

『水も飲めよ』

『はーい』

最後のメッセージに既読はすぐに付いたものの、しばらく相手からの反応がなかった。これで終わりか？　と思っていたら、数分間を置いてから、メッセージが届く。

『また連絡する』

なんで？　どうせ明日は出勤なのに？

頭の中をクエスチョンマークが飛び交ったが、そこで昨日の会話を思い出した。

「なによもー。来栖、可愛いとこあるね」

メッセージのやり取りを眺めながら、ぷぷぷ、と思わず笑みが零れる。

昨日私が、用がなくてもメッセージはマメに欲しいものだとか、用件が済んだら既読スルーなのは寂しいとか言ったのを、来栖はちゃんと覚えているのだ。

それを今、素直に実践してくれている。きっと、そうに違いない。

そのことが、ちょっと嬉しい。

最後の返信に少し間が空いたのは、きっと普段なら終わってるところ、もう一度返信するべきか、また内容をどうするか悩んだのだ。悩んだ挙げ句、あのメッセージを送ってきたのだろう。

「来栖、可笑《おか》しい。すごい生真面目」

どんな顔をして送ったのかを想像して、私はついお腹を押さえて笑いを堪《こら》えた。


月曜日の、朝。

二日酔いから復活した私は、出勤してすぐパソコンを立ち上げ、始業までにメールチェックを済ませる。そこで、来月の人事異動についての社内一斉メールを目にした。

「……マジか」

獅子原裕二。中部支社から本社商品開発部に異動。第二課課長に就任。

「マジかぁ」

二課の担当は冷菓だ。今後、奴が課長でいる限り、絶対にアイスクリーム関係の商品は作らないと誓う。しかし、二課といえば小野田がいる。つまり奴は、小野田の上司になるってことだ。

「どうかしたか」

右隣から声をかけられ、顔を上げると来栖が出勤してきたところだった。

「おはよ。なんでもないよ。人事異動のメール見てただけ」

パソコンに視線を戻し、マウスでクリックしてメール画面を閉じた。

「っていうか、来栖。昨日、服忘れてってたでしょ」

シャワーの後、来栖の服は一旦私の部屋に置いて飲みに行った。てっきり、私を送り届けてくれたついでに持って帰ったと思っていたら、紙袋に入ったまま部屋に置いてあった。

「また今度、お前んちに取りに行くよ。借りた服も返さないとだろ。その時、交換すればいい」

「え、また休みに?」

「それでもいいし、平日仕事の後でも」

もしかして荷物になるから気を使ってくれているのだろうか？

来栖と二人で話していたら、何か周囲からの視線を感じた。見ると、すでに出勤していた数人が私たちを見てどよめいている。隣の列では、和田先輩たち女性社員が、興味津々といった様子でにやにや笑っていた。

そこではっと、注目されている理由に気がついた。

「違うからね！　企画に行き詰まって、気分転換に甘いものの食べ歩きに行っただけ！　腹ごなしにバドミントンしたら白熱しちゃって、仕方なくシャワーを貸しただけだから！」

和田先輩を筆頭に、こっちを見ているみんなに慌てて弁明した。

「食べ歩き？　腹ごなし？」

「そう！　あ、ボートも乗ったけどあれじゃ来栖しか運動したことにならないし、だから二人で運動することになってね」

「デートだ」

「違うから！」

「デート以外に聞こえませんけど」

違うって言っているのに、後輩たちまで口々にはやし立ててくる。

なんでこのニュアンスが伝わらない！

この騒ぎの中、来栖は一人素知らぬ顔でビジネスバッグから書類やUSBメモリーを出している。

「ちょっと来栖……」

あんたも何か言ってよ、と言おうとしたら、クリアファイルに挟んだ書類を渡された。

「広瀬、これ例の企画のやつ。今日抱えてる仕事先にやっつけて、後で打ち合わせな」

「あ！　わかった！」

一昨日《おととい》の夜、カフェバーで来栖がぶつぶつ考え込んでいたやつだ。どうやらしっかり脳内を整理して形にしてきたらしい。

「まだこれで決定じゃなくて、広瀬の意見を聞きたい。打ち合わせの前に、ざっと目を通しといて。昼飯ん時にでも意見聞かせて」

「了解」

さすがに仕事が早いと感心していたら、一瞬、今の状況を忘れていた。

はっとして周囲を見渡すと、みんなにやにや笑いながら自分の席に戻っていく。

だから違うってば！　と主張する機会は、始業によって奪われた。


午前中はひたすら別の仕事を片づけ、昼直前になって、ようやく来栖から渡されたクリアファイルの中身を確認できた。


……ミニタルト？

パイ生地《きじ》を使ったミニタルトだ。オレンジと柿のカスタードクリームと、アップル、そして葡萄《ぶどう》の三種類。リンゴのフィリングは、皮を残したほうがより彩《いろど》りが可愛らしくなりそうだ。

それにしても……すごく惹かれる内容ながら……とりあえず、来栖は絵が下手《へた》くそだということがわかった。

商品の内容を補足するために添えられたイラストが、残念なことにちっとも美味《おい》しそうに見えない。仕方ないなと、私は机の引き出しを開け、色鉛筆を引っ張り出した。

昼までの僅《わず》かな時間で、タルトの絵を描き直す。そして、ちょんちょんと隣の来栖の肩を叩いた。

「ちょっと見て」

「ん？」

「可能かどうかはともかくよ。こんな感じでできたら見た目もよくない？」

短時間でさらさらっと描いたものだが、来栖の絵よりは大分ましなはずだ。

来栖は、大げさに目を見開いた後、私のイラストを手に取り、いたく気に入ってくれた。

「お前すごいな」

「いや、全然普通だから」

来栖の絵が小学生レベルだっただけで……

「この赤いのはリンゴの皮ね。スライスする時に皮を残したら、黄色と赤で可愛いと思って。でも、工場のラインじゃ無理かなあ」

「いいだろ別に。無理かどうかは、向こうが判断するんだし、まずは言うだけ言っちまえ」

「このタルト、彩《いろど》りがほんと可愛い。オレンジと柿の橙《だいだい》はもちろんだけど、葡萄《ぶどう》は絶対、紫とグリーンの二色を入れたいよね」

フルーツはコストがかかる分、あまりたくさん入れられない。でもタルトなら、タルト生地《きじ》の中にスポンジやカスタードを入れれば、表面のフルーツが少量でもボリュームと華やかさを出せるはずだ。

イラストを見せるつもりが、思いの外話し込んでしまい、気がつけば昼を大幅に過ぎていた。

商品開発部との打ち合わせに提出する書類を今日のうちに完成させることにして、二人で遅い昼食に出る。

社員食堂はピークを過ぎて、空席がぱらぱらあった。私たちはランチプレートを手に食堂を移動する。

「あ、あの辺行こうよ。人少ないし」

来栖に声をかけてそこへ向かう途中、偶然小野田を見つけた。

「おう、お疲れ！　二人とも遅いな」

「企画の話でつい夢中になっちゃって」

その時、ふと視線を感じて小野田の向かいに目をやった。

そこで、ぎくりと肩が強張《こわば》る。

面長の頬のライン、優しく微笑む口元、そして、穏やかな柔らかい目が私を見ていた。

だけど私は、その表情からは想像できない程、彼の中身がドライなことを知っている。

「久しぶりだな、広瀬」

にこっと人のいい笑顔で声をかけられては、さすがに挨拶《あいさつ》しないわけにもいかない。

「ご無沙汰してます。獅子原さん」

プレートを持ったままなので、軽く頭だけ下げた。

それにしても、なぜこの人がここにいる。異動は来月じゃなかったのか！

「獅子原さん、来月から正式にこっちに戻ってくるんだけど、それまでは出張って形でフォローしてくれることになってさ」

「そう、なんですか。お疲れさまです」

とりあえず来月までは顔を合わせなくて済むと、すっかり油断していた。

小野田と来栖に内心の動揺を悟られないよう、なんとか笑みを浮かべる。すると、ここに座れと言わんばかりに小野田が隣の椅子を引いた。余計な真似をするな、と内心焦っていると……

「悪い、小野田。また後でな。企画でもうちょい詰めたいところがあるんだ」

企画の話なら、さっきある程度目途《めど》をつけたはずだ。それなのに、来栖の口からそんなセリフが出たので驚いた。しかし、助かったことには違いない。

私はありがたくそれに合わせることにした。

「獅子原さん、失礼します。午後からすぐに取りかかりたい仕事なので」

そう言って、来栖は獅子原さんに軽く頭を下げた。

「いや。気にしなくていいよ」

獅子原さんはにっこりと笑って手を振る。

ところがだ。ほっとして歩き出した私たちは、再び後ろから声をかけられた。

「今夜は？　空いてる？」

条件反射で振り向いたら、一歩後ろを歩いていた来栖も振り向いていた。

「今夜、小野田と飲みに行くことになってるんだけど、よかったら君たちも一緒にどうかな。企画とは、今後も仲良くしていきたいしね」

昼の同席を断って、今夜の誘いまで断るのはさすがに気が引ける。

何より小野田が、目でコッチに訴えかけてきていた。そりゃあ小野田にしたら、獅子原さんはこれから直属の上司になる相手だ。機嫌を損ねたくはないだろう。

「小野田と三人でよく飲んでるって聞いたよ。ちょうど君たち二人が面白いって話を聞いてたところだったんだ」

これはもう、断れないやつだ。

かろうじて溜息を呑み込み頷こうとしたら、先に返事をしたのは来栖だった。

「わかりました。いい店があるので予約を入れておきますよ」

「へえ。楽しみだな」

「それじゃあ、後程」

くるりとこちらを向いた来栖は、怖いくらいの無表情だった。そして、彼の肩越しに、私を見ている獅子原さんと目が合う。

笑顔だけど、どこか責められている気がした。つい後ろめたさが先行して、ぱっと目を逸《そ》らした私は、逃げるように背を向けた。

「ねえ、あの居酒屋、予約なんかできんの？」

ランチプレートをテーブルに置いて腰を落ち着けると、来栖に聞いた。

できれば、あの店に獅子原さんを連れて行きたくない。あそこは私のオアシスだ。この先、獅子原さんが来るかもしれないと思うと、今までみたいに落ち着ける気がしない。

他の店を提案できないかと考えていたら、向かいの席に座った来栖が言った。

「別の居酒屋だ。後で小野田に店のホームページを送っとく」

「あ……そうなんだ」

ほっと力が抜ける。

「よかった。あそこは私たちのオアシスだし、上司には知られたくないよねー」

「お前、別に来なくてもいいぞ」

「えっ？　なんで？」

「返事したのは俺だけだし。直接関係ない目上の人間と飲むなんて、気詰まりだろ。小野田に付き合って俺が顔出しとくから、お前はいいよ」

その申し出は、正直ありがたい。うっかり「ほんとに！」と甘えてしまいそうになる。だけど、すぐに思い直して首を横に振った。

上司との食事が気詰まりなのは私だけではない。

「そんなわけにはいかないよ。それに、私たち二人って言ってたじゃん」

「俺と広瀬が、とは言ってない。小野田と俺のことかもしれないだろ？」

しれっとそう言うと、来栖はランチプレートの唐揚げをぽいっと口に入れた。

いやいやいや、そんなわけないだろう。

「行くよ。私だけ除《の》け者にしないで」

上司飯に付き合うという苦行を、二人にだけ任せるわけにはいかない。小野田にも来栖にも変に気を使われたくない、同等でいたいのだ。

ぐっと親指を立てた私に、来栖は、はぁと溜息をついた後、めんどくさそうに頷いた。

午後からの仕事は滞《とどこお》りなく進み、定時に仕事が終わってしまった。

来栖が予約した店は、とてもいい店だった。ジャンルとしてはお洒落《しゃれ》な創作和食居酒屋で、魚や肉など素材にこだわっているのがよくわかる。その日によってオススメが変わるのか、黒のボードに白文字で手書きされたお品書きが各テーブルに飾ってあった。金目鯛の煮物と黒毛和牛のたたきが今日のオススメのようだが、値段はとてもじゃないがオススメできない。

全体的に凝《こ》ったメニューが多くて、気軽に私の大好きな枝豆とか言い出しづらい。

四人掛けのテーブル席に私と来栖、向かいに小野田と獅子原さんが座る。とりあえず全員ビールと、各自好きな料理を注文していると、来栖が私に聞いてきた。

「お前、枝豆は？」

「えっ……今日はいいかな」

「いや、いるだろ。枝豆はお前のソウルフードなんだから。枝豆も一つ」

いらないって言ってるのに、来栖が勝手に注文する。っていうか、ソウルフードってなんだ、やめて恥ずかしい。

「今日は、たまたま枝豆の気分じゃなかっただけなのに」

「俺も食うし」

「……じゃあ私も食べる」

ほら見ろ、と言わんばかりに来栖が私を見て笑った。そんな会話を交わす私たちに、獅子原さんが声をかける。

「今日は俺も仲間に入れてもらって悪いね」

「いえいえ。引き継ぎお疲れ様です。現課長が入院中だと、どうしてもすぐに確認取れないことが多くて、ほんと申し訳ないです」

獅子原さんに答えたのは、小野田だ。今の課長が病気療養中のため、急遽の人事異動のようだった。

すぐに生ビールのジョッキと枝豆、突き出しが運ばれてきて、四人で軽くグラスを合わせる。この店では枝豆も小洒落《こじゃれ》てて、竹でできたザルに盛られていた。それを来栖がわざとらしく私の正面に置くものだから、即座に中央に置き直した。

枝豆ってものは独り占めするものじゃない。皆でつまむものだ、というのが私の認識だ。

「なんかさ……お前ら二人、前より仲良くなってないか」

小野田が私と来栖を交互に見つつ、そう言った。

「え……そう？　いつもこんなもんだよね？」

「だな」

「いや、前はもっとトゲトゲしてたしイガイガしてたって。その言い合いが面白かったのに」

確かにそうだが、単に今はそういう話題になっていないからだろう。

「まあ、最近は一緒に企画やってるからな」

「けんかばっかかして仕事になんないいんじゃないかと思ってたよ、俺は。で、企画はちゃんと進んでんのか?」

小野田は、面白いものでも見つけたような顔をして、興味津々に企画の話を聞いてくる。私と来栖の口論といえば大抵が男と女の考え方の違いだったので、仕事の話ならそうそう口論にはなるまい……と、思ったのだが、その僅《わず》か数分後。

「大体、お前の企画書は、あんなん企画っていわねんだよ」

「は!?　それ、どういう意味よ！」

「ふわふわー、とか、ぷるぷるー、とか、とろけるかんじー、とか、曖昧《あいまい》なイメージばっかで商品説明になってねぇじゃん。語彙《ごい》力ゼロかよ」

「イメージよ！　イメージって大事でしょ！　そっちこそ、あのイラストはないから。あんなん出すくらいなら、ないほうがマシだっていうの」

この口論のきっかけは、一体なんだったか……

そうだ、来栖から私は大雑把だとか雑だとか、そんなことを言われたのだ。それで言い返したら、口論に発展したんだったと思う。うん、私は悪くない。先制攻撃は来栖だった。

「へえ、驚いたな。広瀬ってそんなタイプだっけ」

その声に、はっとして、向かいを見る。獅子原さんは腕を組んで前屈《かが》みになりながら、面白そうに私を見ていた。

その瞬間、うっ、と喉が詰まりそうになる。

「あれ。広瀬と獅子原さんって、前から知り合いでしたっけ」

「かなり前にね。一緒に商品作ったことがあるんだよ。ね？」

「……ですね。その節はお世話になりました」

それがきっかけで彼を好きになって、告白したら付き合ってもらえたのだ。

彼が今の私と比べているのは、きっと付き合っていた頃の私だろう。当時の私は、できるだけ彼の目に可愛く映るように常に気合を入れていたし、口論なんて彼の前では絶対にしなかった。

すごく居心地が悪い。別に昔と比べなくてもいいじゃないか。

もやもやする胸の中を洗い流すように、私はビールをがぶ飲みした。これも、昔はそんな飲み方しなかったのに、とか思われているかもしれない。

ＯＫ。いっそそれでいい。

失恋を経て仕事に生きた挙げ句、でき上がった枯れ女。もうそれでいい。そう思ったら、あんまり気にならなくなって、お酒が進んだ。

「あ、悪い。ちょっと」と、小野田がトイレに立つ。その途端、なぜか空気が重くなった気がした。その時――

「結、そこの小皿取って」

「あ、はい」

獅子原さんに声をかけられ、私は近くにあった予備の小皿を彼に差し出す。

一拍遅れて、名字ではなく『結』と呼ばれたことに気がついた。

驚いて目を見開き、獅子原さんを見る。

なんで今更、何も知らない来栖のいる場所で、そんな呼び方するの？

彼は私が差し出した小皿を受け取りながら、指先をワザと私の手の甲に滑らせた。その意図的な指の動きに、かあっと顔が熱くなる。

咄嗟《とっさ》に手を引っ込めると、ゴトンと小皿がテーブルに落ちた。

「おっと、どうした広瀬？」

何事もなかったかのように呼び方を元に戻した獅子原さんは、小皿が割れてないか確かめた後、私を見てにこっと笑う。

「す、すみませんでした。ちょっと、手が滑って」

今のを聞いていただろう来栖が、どう思ったのか気になった。とっくに終わっている獅子原さんとの関係を、できることなら知られたくない。

そっと視線を真横に走らせた私は、次の瞬間、びくっと肩を震わせた。

おおおおお……久々に見たブリザード！

ざわっと肌が粟立《あわだ》つ程の冷ややかかつ鋭い目で、来栖が獅子原さんを睨《にら》んでいる。それを見た私は、肌だけでなく肝も冷えた。

なんだろう、若干セクハラっぽかったから怒ってくれてるのか？

ありがたいけど、上司に向かってその目はまずいだろう。なんとか獅子原さんから視線を外させなければと、私はぱっと自分の小皿を取って来栖の腕を叩いた。

「来栖！ ごめん、そっちの料理取って。海老のやつ！」

四角い皿に上品に盛られた、海老しんじょのとろみあんかけを指差すと、来栖の視線が私を向いた。よかった、と思ったのは一瞬だった。

どきりと、心臓が竦《すく》み上がるような、痛いような感覚。私を見た来栖の目は、獅子原さんに向けたようなものではなかった。けれど、ひどく傷ついたような、そんな目に見えた。

……何？

わけがわからないながらも、気圧《けお》されてしまって声が出せない。

来栖はすぐにふいっと私から目を逸《そ》らし、海老しんじょを小皿に一つのせると、私の前に置いた。

けれど、顔は正面の料理に向けられたまま、黙々と自分の皿に料理を取り始める。見るからに不機嫌な様子で料理を食べる来栖が怖い。

向かいの獅子原さんは、ちらっと来栖を流し見た後、噴き出すのを堪《こら》えるように肩を震わせていた。なんでこんなに空気が微妙なのかわからないけど、どうやら獅子原さんは不機嫌な来栖を面白がっているようだ。

小野田がトイレから戻った時には、心の底からほっとした。

けれど解散の時になって、再び事件は起こったのだ。

食事を終え、店の外に出た私たちは獅子原さんに頭を下げる。

「すみません、ごちそうさまでした」

「いやこちらこそ。付き合ってもらって悪かったね」

会計は多分結構な金額になったと思うのだが、獅子原さんが全部支払ってくれた。

「みんなは、どっち方面？」

「俺と来栖は西口から電車ですけど、広瀬は別方向で」

「そうか。じゃあ広瀬は俺が送っていこう」

にこっと、人のよさそうな笑みを浮かべながら、どこか有無《うむ》を言わさない口調で言う。

「いえっ！　一人で大丈夫です。いつも店を出て解散なんで、ご心配なく！」

「何言ってんの。酒を飲んだ後、女を一人で帰らせるなんて危ないだろ」

危ないのはアンタだ！

本当に何を考えてるのかわからない。それに、二人きりになったら間違いなく着信拒否と既読スルーのことを責められる。酔いが冷める勢いで首を横に振っていたら、来栖の声がした。

「広瀬は俺が送ります」

「え……」

獅子原さんから視線を移すと、すぐ真横に来栖が来ていた。

「でも、来栖は広瀬と逆方向なんだろ？」

「広瀬の家に忘れ物を取りに行きたいので」

こっちが呆然としている間に、さくさく話を進める来栖に、小野田も驚いた顔をしている。

私と目が合うと、小野田は私と来栖を交互に指差してから、口パクで一生懸命何かを伝えようとした。だが、何を言っているのかさっぱりわからない。申し訳ないが私に読唇術《どくしんじゅつ》は無理だ。

私が口パクで小野田に聞き返していると、いきなり横からぐいっと腕を引かれた。

驚いて体勢を崩しかけた私だが、無様に倒れ込むことはなかった。なぜなら、私の腕を掴んでいた来栖が、もう片方の手で私の身体を支えてくれたからだ。

見上げると、来栖の顔がすぐ近くにある。綺麗な黒い目がまっすぐに私を見つめていて、射抜かれたように動けなくなった。

「俺の服、やっぱり今日取りに行っていいか？」

もちろん構わないが、それは今この状況で言うことだろうか。

見事に小野田と獅子原さんの視線が、私たちに突き刺さっている。

これでは今朝のオフィスの再現だ。そこでふと、来栖が意図的にそうしているのかもしれないと思った。もしかしたら、獅子原さんから私を助けるためにわざと誤解させようとしてる？

だって、そうでもなければ、こんな距離感で見つめ合っているのはおかしい。

「う、うん……いいけど……」

真剣な表情で目を逸《そ》らさない来栖に、私は戸惑いながらも頷いた。なんにせよ、獅子原さんから逃げられるのはありがたい。そこでようやく来栖の視線が私から外れた。

「それじゃあ、お先に失礼します」

獅子原さんへ軽く一礼する来栖に、私も慌てて頭を下げる。

ぱかっ、と口を開けたまま驚いている小野田と、何を考えているのかわからない笑顔の獅子原さん。小野田の誤解は後で解かないといけないだろうが、獅子原さんはもうこのままにしといいちゃだめだろうか。

そんなことを考えていると、来栖の手にがっしりと手を掴まれて歩き出した。

「ねえ、来栖」

いつもより少し早足の来栖になんとかついていきながら、声をかける。

来栖は私と獅子原さんの関係を知らないはずだ。だけど、助けてくれたのは間違いない。

「ありがと。助かった」

「送らせるわけないだろ、あんな……」

まっすぐ前を向いたまま、来栖がぼそっと呟いた。

「え？　何？」

「あいつ、絶対性格悪い」

「ちょっ、何言ってんの？　いきなり」

むすっとした表情で突然悪態をつき始めた来栖に、思わず笑ってしまう。

だけど、そんな私を見た来栖の目が、なぜかまた痛みを堪《こら》えるように細められ私の胸をざわつかせた。なんだか来栖がいつもと違う。

それだけはわかっているのに、その正体がわからない不安に襲われる。

「来栖？」

「あんな奴に顔赤くしたりして、馬鹿だろ。ちょっと手を触られたくらいで」

それが、小皿を渡した時のことを言われているのだと気づき、恥ずかしさとバツの悪さにかっと頭に血が上《のぼ》った。

「ア、アルコールが回っただけだよ、何言ってんの？」

「ほら。今もまた思い出しただけで赤くなってる」

冷ややかに細めた目で睨《にら》まれて、ますますわけがわからなくなる。

からかわれるならいざ知らず、どうして責められないといけないのか。

「隙があり過ぎだろ。ああいう男はな、そういうすぐに落とせそうな女を選ぶんだよ」

「はあっ⁉」

来栖の言い草にカッチーンときて、眉根を寄せる。

「私のどこに隙があるってのよ？」

「顔も態度も全部だよ。まんまと引っかかりやがって」

「引っかかってなんかないわよ！　お酒のせいだって言ってんでしょ⁉」

「酒飲んでたって、いつもはあんな顔してねぇよ！」

徐々にヒートアップして、歩きながら大声で怒鳴り合う。大股の来栖に手を引かれているる私は、すでに小走りだ。

怒っているからか、私の手を掴む来栖の手にはまったく遠慮がない。何度も振り払おうとするが、ちっとも離してくれないのだ。

「あんな顔あんな顔って、うるさい！　私そんな変な顔してないし！」

ったく、酒が回ってる時に走らせんな！　ってか、ふざけんな！

何も知らないはずの来栖に、そんな風に見えていたならそれこそ大問題だ。

だって、まだ獅子原さんに未練があるみたいな反応をしてしまっていることになる。

それを認めるわけにはいかない。

そんなことは絶対にない。ただ、短期間でも、付き合っていた男だ。好きだった男なのだ。自分の気持ちとは関係なく、まったくの無反応とはいかなかっただけだ。

「大体なんなの？　私がどんな顔してたって、来栖には関係ないじゃない！」

なんでこんなに怒られているのかわからない。せっかく、このところ来栖と一緒にいて楽しかったのに。いい奴だと思って見直していたのに。今は来栖のことが全然わからない。

「もういい。一人で帰る。服は明日でもいいでしょ」

こんな状態で一緒に帰るなんて冗談じゃない。

私は立ち止まって、それ以上引っ張られまいと足を踏ん張る。思い切り来栖の手を振り払うと、今度は簡単にほどけた。けれど即座に、二の腕を掴まれる。

「何よ？」

じっと私を見る来栖の眉間に、くっきりとシワが刻まれる。間違いなく怒っているし、私に何か言いたそうなのに、結局来栖は何も言わずに口を閉ざした。

そのままふいっと前を向いて、私の腕を掴んだままぐんぐん歩く。引きずるように強く引っ張られ、私は声を上げる。

「ちょっと来栖！」

なのに来栖は、私の声を無視して通りかかったタクシーを停めた。

「タクシー？　なんで」

「いいから乗れ」

無理矢理タクシーに押し込められて、後から来栖も乗り込んでくる。来栖が運転手さんに告げた住所は、私のマンションのものだった。怒ってても一応、送ってくれるつもりではいるらしい。

どうしてこんなに怒られないといけないの。

黙ったままでは、さっぱりわからない。車内には気まずい空気が満ちている。きっと、タクシーの運転手さんだって困惑してるだろう。

どうにも理不尽な気がして、徐々に怒りが蓄積されていく。

マンションに着いても、相変わらず雰囲気は険悪なままだ。私は足早に自分の部屋の前まで行き、無言で鍵を開けて中に入った。

当たり前のように来栖も入ってきて、一瞬、違和感を覚えた。けれど、頭に血が上《のぼ》っていた私は、それをそのままにしてしまった。

来栖の服は、昨日のうちに洗濯して紙袋に入れて部屋の隅に置いてある。

「そこで待ってて。服すぐに返すから」

ぽいっと乱暴に靴を脱いで部屋に上がり、まっすぐその場所まで行くと紙袋の持ち手をひっ掴む。そして勢いよく振り向いた。

「これ持って早く帰れば……」

紙袋を突き出そうとして、視界がすごく狭くなっていることに気づく。すぐ目の前に来栖のネクタイがあって、紙袋を持った手がスーツの胸元に当たった。

ゆっくりと視線を上げると、怖い顔で私を見おろしている来栖と目が合う。

「ほら。隙だらけだから、こうなる」

「ちょっ？」

来栖の手は、紙袋ではなくそれを持つ私の手首を掴んでいる。

「俺なら心配ないとでも思ったか？　それを『隙』って言うんだよ」

ぽかん、と呆ける私を、無表情に来栖が見おろしている。その顔がゆっくりと近づいてくるのを見つめながら、私は動けなかった。

私の手首を掴む来栖の手は、思った以上に大きくて力強い。力で敵わないことはすぐに察せられた。背の高さも肩幅の広さも、私とは違う『男』のものだ。

そんなことは、ずっと前からわかっている。

来栖が男じゃないなんて思ったことはない。ただ、来栖にとって私は、そういう対象ではないと思って安心していただけだ。だって、来栖のような男が、私みたいにすっかり枯れたがさつな女を相手にするわけない。

来栖の真っ黒い瞳を間近に見ながら、私はそんなことを考えていた。

だけど……だったらどうして、今、私の唇は、温かいのか。

来栖にキスされている、と気づくのに数秒かかった。触れ合っただけの乾いた唇が、少しだけ離れて熱い吐息が肌を掠める。

そこでやっと状況に気がついて、夢中で腕を振り払った。その拍子《ひょうし》に、服の入った紙袋が来栖の顔に当たる。呆気なく手首の拘束はほどけて、私は後ずさって来栖と距離をとった。

はあ、と荒くなった息を整える。

腹が立った。すごく、腹が立った。

「なんでこんなことすんの⁉」

来栖に向かって紙袋を投げつける。来栖は腕で防いだけれど、俯《うつむ》いたまま顔を上げない。

たかがキスだ。今更、衝撃を受けるような年じゃない。だけど、不意打ちでこんなことされたら、同僚として信頼できなくなる。

私は来栖にとって、信頼を失ってもいいと思えるような人間でしかなかったのか。それが、腹立たしくてショックだった。

「……なんで、って」

来栖の足元に落ちた紙袋は、へしゃげて中の服が半分外に出かかっている。それを見おろしながら、来栖が声を荒らげた。

「わかるだろ！　なんでわかんねぇんだよ！」

今まで聞いたことがない程、感情的な怒鳴り声に自然と身体が怯《おび》えて強張《こわば》る。

顔を上げた来栖が、再び手を伸ばしてきた。咄嗟《とっさ》に逃げようとしたが、指先が捕まった。

「くるす……？」

前髪の向こうから私を見つめる来栖の視線は熱くて強い。気圧《けお》されて声が出なくなった。

カチカチカチカチ。

壁掛け時計が、時を刻む。その音が耳につく程、無言の時間が続く。

どうして、そんな目で私を見るんだろう。怖いくらい真剣な目から目を逸《そ》らせない。

そして、居たたまれない程の沈黙の中で、私はようやく、一つの可能性に気がついた。

そう、この段階になって、初めて気がついた。あるはずがないと思っていたから、考えもしなかったこと。

『お前、俺と付き合わないか？』

少し前、来栖に居酒屋で言われたこと。もし、あれが本気だったら？

考えると、とくん、と大きく心臓が跳ねた。

私の意識が、来栖に向けて一気に感覚を研《と》ぎ澄まし始める。吐く息の音さえ耳が拾ったその時、来栖がふっと表情を緩《ゆる》めた。私の指先を掴む彼の手に、きゅっと力が込められて数秒後……

「……好きだ」

紡《つむ》ぎ出された、一秒にも満たない短い言葉が私の心の琴線を揺らす。それは、凪《な》いだ水面にぽとんと雫《しずく》が落ちて、波紋が広がっていくようだった。彼の言葉が私の胸の中心に沁《し》み渡り、そこからじんわりと温まっていく気がする。

「好きだ」

「ま……待って、来栖」

「好きだよ」

繰り返される言葉は、私の身体中に熱を広げていく。切なげに目を細めた来栖の視線から、逃げられない。身体と心……私を織り成す全てが、彼の告白をまともに受け取ってしまった。

「広瀬が、好きだ」

「……っ」

来栖が、私の名前を呼んだその時、顔が火照《ほて》るのを感じた。頬も目頭《めがしら》も、耳もジンジンする程、どこもかしこも熱い。

来栖が、私を、好き。

そんな起こり得ないと思っていた事態に目が回りそうだ。真っ赤になった私をじっと見おろす来栖が、私の指先に自分の指を絡めて引き寄せる。

抗《あらが》えず半歩前に出ると、抱きしめられそうな距離で、来栖の表情が変わるのを見た。

ずっと切なげで苦しそうだった表情が、ゆっくりと綻《ほころ》んでいく。口元が優しく緩《ゆる》み、とても大切なもののようにもう片方の手で私の頬に触れた。そして、肌の柔らかさを確かめるみたいに親指で頬を撫でる。

その瞬間、びくっと身体が反応した。

「やっと、女の顔が見れた」

そう言って、来栖は甘ったるく嬉しそうに微笑む。その顔を間近で見た瞬間、胸の奥が苦しい程に締め付けられた。

「おっ……女の顔って」

来栖の指が冷たく感じるくらい、自分の頬が熱を持っているのがわかる。

彼から愛おしむような優しい目を向けられているのが自分だと、まだ頭が追いついていなかった。

「好きだ」

「ひゃっ！」

瞼《まぶた》に口づけられ、驚いて変な声が出た。

「ま、ま、待って、来栖」

「好きだ」

指先を捕らえられたまま、すぐ近くで来栖と視線を交わす。覚えたての言葉を繰り返す子供のように来栖の告白は続いて、許容量を超えた想いに私のほうが音《ね》を上げた。

「わかったからっ！」

次の瞬間、私は来栖の腕の中にいた。

「く、来栖……」

「……すげ、心臓壊れそう」

それは、来栖の？

私の暴れ回る心臓の鼓動が来栖に伝わっているのかと、焦ってしまう。首の後ろに回った腕と、腰を支える腕に力がこもって来栖の胸に顔が押し付けられた。

「ちょっ、苦しいっ」

あまりの苦しさに顔を横に向けて息を吸う。すると胸に触れた耳から、来栖の心臓の音が聞こえてきた。

……すごく、速い。

そう感じたら、私のほうも苦しくなる。自然と涙が出そうになった。こんな風に、全力で好意をぶつけられたのが初めてで、どうしていいかわからない。

絶対に来栖は、こういうことをするタイプじゃなかった。誰かを口説《くど》くにしても、もっとさらっとしてそうな気がしていた。私が盛大に混乱している間にも、頭の天辺《てっぺん》があったかくなりキスをされたのがわかる。そのことに、より一層頭の中が沸騰した。

予想外の甘ったるい攻撃に、眩暈《めまい》がする。腰に回った腕が、私の身体を持ち上げる程に強くなり、思わず背が仰《の》け反《ぞ》った。

「わ、ちょっ……」

足元の不安定さに、来栖の背に腕を回してしがみつく。すると、首の後ろを支えていた手が私の顎《あご》を捕らえて上向かせ、額《ひたい》に唇が触れた。

待って。

待って待って、どうしよう。

何も考えられない。

「真っ赤になってる」

そんな来栖こそ、蕩《とろ》けるみたいな心底嬉しそうな顔をしていた。その顔を見るだけで、こっちは照れくさくてたまらなくなるのに、どうやらそれだけでは済みそうにない。来栖は、腕の中で身動きもままならない私の頬にキスをして、そのまま唇を啄《ついば》んだ。

待って、来栖の気持ちはよくわかった。

確かに今、嘘でしょ？　と、思うような事態が起こっているが、これは現実なのだと理解した。

だけど、まだ自分の気持ちを考えるまでには至っていない、わけで。

「待って、くる、ぅんんっ」

相手を制止しようとしたが間に合わず、三度めのキスはぐっと深いものに変わった。

「んっ、んんっ……」

ちょっと！　止まれ！

その声は、残念ながらまともな声にならなかった。私はキスで思考能力を奪われながら、薄く目を開く。誰にキスをされているのか、わからなくなる程の、甘く情熱的なキスだった。

この男の、一体どこが、クールなのか。

熱くなって暴走し過ぎなくらいなんですが！　噂の元凶である過去の女に、デマを流すなともの申したい。

その間にも、私は舌を絡め取られ擽《くすぐ》られる。来栖の少し乱暴で官能的なキスにより、身体の中がどんどん熱くなる。彼は、私の理性も奪い取ろうとしているのかもしれない。

敏感な唇の内側を舌で撫でられて、懸命にしがみついていた手から力が抜けていく。

脱力した私を支えつつ来栖が腰を落としていった。

膝にまったく力が入らない私は、来栖の腕に支えられ、ゆっくりとその場にへたり込む。

彼も私との口づけを続けながらラグの上に腰を落ち着け、私の身体を両脚の間に収めた。

ちゅっ、と軽く舌を吸い上げられ、「んんっ」と甘い声を漏らす。やっと唇を解放された私は、長いキスで酸素が足りないのか、視界が揺らいでいた。

そんな状態でも、来栖の目から理性がぶっ飛んでいるのがわかってしまう。

「広瀬」

「……っ」

「やっと伝わった」

そう、たったそれだけのことで、来栖はこんなにも理性を飛ばしている。つまり、それだけ私は、今まで彼に対して酷い態度を取っていたのかもしれない。

しかし、それを反省する余裕も、来栖は与えてくれなかった。

脱力する私の顔にキスの雨を降らせながら、徐々に位置を変えていく。耳元に熱い吐息が触れた瞬間、びくっと身体が反応した。

気づいた時には、ゆっくりとラグの上に倒される。すぐ目の前に、来栖の喉元が見えた。彼はネクタイの結び目を握って乱暴に緩《ゆる》める。

その仕草を目の当《ま》たりにしたことで、私の理性が呼び戻された。咄嗟《とっさ》に来栖の胸を押し返すと、私に覆《おお》い被さる来栖と目が合う。

来栖の目は不安と期待に揺れていた。そして多分、私の目は迷いに揺れていることだろう。

「……キスだけでいい」

「え……」

「広瀬の気持ちが追い付くのを待つから、頼む」

こつ、と額《ひたい》同士がぶつかった。

懇願するような、縋《すが》りつくような瞳が目の前で揺れている。強く求められていることに、身体の奥が自然と応《こた》えようとしているのがわかる。

はあ、と互いの熱い吐息を混じり合わせながら、来栖が囁《ささや》いた。

「俺と付き合って――結」

抗《あらが》えない引力に、私は、堕ちた。

6　逆転恋愛

横たえた結の身体に覆《おお》い被さる。彼女の頭をラグに押し付けるようにして、唇を深く合わせていると、胸の辺りで華奢《きゃしゃ》な手が苦し気にもがいていた。

「んっ……ふ」

キスの合間に彼女から零れる甘い声に、身体も頭も熱くなる。所在なげな結の両手首を捕まえて、一つにまとめて頭上に固定した。

「は、あ」

「結……もっと」

酸欠で息苦しいのか、顔を背《そむ》けて逃げようとする唇を追いかける。

「もっと口開けて」

「で、も……もう」

「キスしたい」

閉じた唇を軽く啄《ついば》んでそう言うと、結の瞳が揺れた。彼女がまだ、混乱の中にいるのはよくわかっている。けれど、もう逃がすつもりはないのだ。

片手で結の顎《あご》に手をかけると、つっと親指で唇をなぞる。すると、迷いながらもおずおずと唇を開いた。唇の内側に少しだけ親指を差し入れると、彼女が微かに目を細めて身を捩《よじ》った。

艶《つや》めいた甘い吐息を指先に感じ、ずくんと身体の中心が熱くなる程欲情する。親指を下に引いて更に唇を開かせ、そこに舌を捻《ね》じ込んだ。

濡れた舌を絡ませながら、結の口の中で互いの唾液を混ぜ合わせる。中に引っ込みたがる舌を擽《くすぐ》って誘い出し、唇で挟み込む。そのまま強く吸い上げると、結の身体が震えたのがわかった。

「ん……んっ」

唾液をひどく甘く感じて、舌と一緒に啜《すす》る。その度に結の腰が揺れて、誘われるように彼女の身体のラインを撫でた。

服越しに伝わってくる体温から、少なからず結も昂《たかぶ》っていることを知る。かっと頭の芯が熱くなり、キスを唇から首筋へと滑らせた。

「あっ……、ちょ……来栖……っ」

ブラウスのボタンを片手で外しながら、夢中で首の柔肌を味わう。舌を這《は》わす度に、彼女の身体が強張《こわば》り、息が乱れていく。ボタンを二つ外したところで、胸を下から押し上げると、ブラウスの袷《あわせ》から柔らかそうな白い膨らみが覗いた。

「やっ……ねえ、待って」

戸惑う彼女の声は聞こえているが、少しも抑止力にならない。

「キ、キスだけって、言ったっ……」

「キスしかしてない」

屁理屈をこねながら、豊かな膨らみに口づけると彼女が息を呑む気配がした。唇に触れる柔らかな感触に、こちらの理性が飛びそうになる。

「や、やだ、あっ……こんな、キスじゃ……っ」

ああ、そうだ。彼女の気持ちが俺に追い付くまで、キスだけと約束した。

そう自分に言い聞かせながら、胸の柔肌を舐《な》めて、噛んで、痕《あと》がつくくらい強く吸い上げる。敏感な胸の頂《いただき》に近い場所にまで赤い花弁を散らすと、彼女がひどく弱々しい悲鳴を上げてふるりと全身を震わせた。

少しだけ顔を上げて彼女の様子を窺えば、とろりと溶けた視線と交わる。熱を帯びた瞳はしっとりと潤《うる》んで、今にも泣き出しそうに唇を歪《ゆが》めていた。

ぞくり……と劣情を煽《あお》られる。今すぐ襲いかかりたい衝動を奥歯を噛みしめて堪《こら》え、劣情を抑え込むように彼女の首筋に噛みついた。

「ひあ、あん！」

可愛らしい悲鳴を聞き流しながら、首筋から耳へと濡れた舌を滑らせる。耳朶《じだ》に舌をまとわりつかせれば、一際高い声が上がった。どうやら、耳が弱いらしい。

気がつくと、耳朶《じだ》から耳の縁、耳孔と隅々まで舐《な》め回して唾液まみれにしていた。

すっかり息の上がった彼女の口からは、猫の鳴き声のような嬌声《きょうせい》しか出なくなった。

可愛らしい声をうっとりと聞きながら、耳の裏側を舌で擽《くすぐ》り強く吸う。

「あ、んんんっ……！」

結は背筋を反《そ》らせて震えた後、くたりと全身の力を抜いた。

「結……」

本当に、耳が弱いようだ。耳から唇を離し、汗ばんだ額《ひたい》や頬に軽く口づける。同時に首筋に添えていた手を滑らせて、ついっと耳朶《じだ》を擦り上げた。それだけで、結はびくっと身体を震わせる。

「も、やぁ、ん」

蕩《とろ》けた目で俺を見る彼女を腕の中に抱きしめ、髪を撫でながら息が整うのを待つ。すると、すうっと結の身体から力が抜けていくのがわかった。

「……結？」

微かな寝息のようなものが聞こえて、彼女の顔を覗き込む。すると、頬を上気させたまま、眠ってしまっていた。

……少し、やり過ぎたかもしれない。

そうは思ったが、反省はまったくしていなかった。キスだけでも許されるなら、もっと彼女に触れていたい。

彼女が、ただ抵抗する気力を失っただけだということも、キスで彼女の理性を奪って篭絡《ろうらく》したということもわかっていた。それでもいい。もう、離さないと決めている。

うしろめたい欲望と同時に、ちくりと胸を刺す罪悪感は無視した。

汗で額《ひたい》に張りついた髪をよけてやりながら、彼女の閉じた瞼《まぶた》を見つめる。そういえば、寝顔を見るのはこれで二度目だ。

一度目は、珍しく酔ってぐだぐだになった結を、ここに送って来た日のことだ。

あの時も、こうして結の髪を指で梳《す》いて、彼女が平和そうに頬を緩《ゆる》ませるのを見ていた。

——据《す》え膳《ぜん》食うぞ、このやろう。

そう憎らしく思いながらも、手は出せなかった。

『……広瀬さんうっとりした顔しちゃって、あ、恋してるんだなってすぐにわかりました』

あの日にはもう、菜穂から獅子原さんと結が付き合っていたことを聞かされていたからだ。そのことを考えると嫉妬《しっと》でどうにかなりそうで、妙な気を起こす前に理性を総動員させて家に帰った。

「お前……男運が無さすぎなんだよ」

もしくは見る目が無いかだ。

獅子原さんといえば、社内ではあまり知られていないが、合コン好きで外ではかなり遊んでいたという話だった。

そんな男が、なんでまた結と付き合っていたのか。俺が知らないだけで、社内でもこっそり女性社員に手を出していたということだろうか。そう思ったら、再び沸々《ふつふつ》と怒りが湧いてくる。

二人はどんな経緯で付き合って別れたのだろうか？

結は獅子原さんの本性を知っていたのだろうか？

結に関しては、気になり出したら際限がない。それなのに……

俺は、はあ、と重い息を吐き出した。

まさかその元カレに、こんなにも早く再会するとは思いもよらなかった。

結と社員食堂に行った時、小野田の前に覚えのある顔を見つけて、二度見した。どうして今ここにいるんだ、辞令は一か月先のはずなのに。咄嗟《とっさ》に、結の横顔を確認してしまう。獅子原さんを見つけた彼女が、どんな顔をしているのか気になって。

『久しぶりだな、広瀬』

『ご無沙汰してます。獅子原さん』

にこやかに声をかけてきた獅子原さんに対して、結は必死に平静を装《よそお》おうとする。しかし、緊張で顔が強張《こわば》っているのがわかった。

やはり、結にとってはまだ過去になりきれてないのではないか。だとしたら、獅子原さんを結に近づけさせるわけにはいかない。

結を気遣っているつもりで、大半は嫉妬《しっと》だったのかもしれない。獅子原さんに飲みに誘われ、咄嗟《とっさ》に結に代わって返事をした。俺たち三人を誘ったのだろうが、適当にはぐらかして結を連れていくつもりはなかった。でも結局、何やら庇《かば》った理由を勘違いしたらしい結に力強く『行くよ。私だけ除《の》け者にしないで』と押し切られたが。

獅子原さんが、結に対して今どういう感情を抱《いだ》いているのかわからない。二人が過去、どういう付き合いをして、どうして別れたのか。もしも、獅子原さんに結への未練があったら、どんな風に接触するつもりなのか……そう警戒していた矢先に、それは起きた。

『結、そこの小皿取って』

『あ、はい』

獅子原さんに言われて、素直に皿を差し出す結に思わず目を見開いた。

その、ごく自然なやり取りから、確かにこの二人は過去に付き合っていたのだと思い知らされる。

結の差し出す皿に、獅子原さんの手が伸びた。

思わず、払い除《の》けたくなる衝動をきつく拳《こぶし》を握って耐える。

しかし、二人の手が触れ合った瞬間、結が頬を真っ赤に染めて、慌てて手を引っ込めた。

テーブルの上に、ごとん、と音を立てて皿が落ちる。

耳まで赤くして、艶《つや》を増した結の横顔は、俺が見たことのない〝女の顔〟をしていた。

ざわ、と肌が粟立《あわだ》つ程の、苛立ち。

ぶつけどころのない嫉妬《しっと》と怒りが、俺の中で激しく入り交じった。

……何、簡単に触らせてんだ。

しかも、元カレにちょっと触れられただけで、そんな風に頬を赤く染めて。

俺が何をしたって、そんな顔、一度も見せたことないくせに。

やっぱり、無理やり理由をつけてでも来させるんじゃなかったと、胸に湧き上がるどす黒い感情を必死に抑え込もうとする。

こんな簡単にいっぱいいっぱいになって、ちっとも余裕のない自分が、ひどく情けなかった。

『そうか。じゃあ広瀬は俺が送っていこう』

だから、店を出た獅子原さんの言葉に、強引に割って入る。

『広瀬は俺が送ります』

こんな子供じみた独占欲しか見せられない自分が情けなくても、絶対に譲れない。

余裕の笑みを浮かべる獅子原さんと、その男に簡単に触らせて顔を赤くする彼女が憎らしかった。

彼女にとって、この男は特別なのだと見せつけられている気がして、嫉妬《しっと》で思考回路が焼け付きそうだ。気づけば、無理矢理タクシーに押し込んでいた。

ほの暗い怒りが、ずっと俺の中で燻《くすぶ》り続けている。部屋に入っても警戒すらされない自分の状況を、信頼されているなどと都合よくは思えなかった。

なんでこんな望みのない相手に恋をしたのかと、恨めしく思う。

どうして彼女なんだろうか。顔は平凡だし酒の飲み方はオッサンだし、すぐ口答えして思い込みも激しい。挙げ句の果ては、どうしようもなくニブくて面倒くさい。

……だけど、仕方ない。

俺にはもう、お前しか女に見えなくなってるんだよ。

くるんとした目が、めいっぱい見開かれている。彼女の細い指先を捕まえたまま、上半身を屈《かが》めてゆっくりと顔を近づけた。

唇が触れ合う寸前、温かい吐息を肌に感じて、頭の中がショートしそうになる。ようやく触れた、少し乾いた唇は、とても柔らかかった。

キスだけでどうにか抑え込むことができた自制心に、自分でも驚いた。

好きだ。奪いたい。この手でぐしゃぐしゃになるまで啼《な》かせたい。

俺ばかりじゃなく、結もどうにかなればいい。

けれど、渦巻くそれらの煩悩よりも……彼女を傷つけたくないし、泣かせたくないと思う。

腕の中で眠る結の髪から頬へと手のひらを滑らせる。

柔らかな肌が心地いい。

付き合うことになったけれど、気持ちが焦る。こうして腕の中に抱いていても、彼女の心がどこにあるのかわからないのだ。

「……引きずられんなよ、結」

あの男にだけは、いや、他の誰にだって渡す気はない。

眠る彼女の手を取り、手のひらを合わせて繋ぐと、閉じた瞼《まぶた》に口づけた。

＊　＊　＊

来栖のキスはエロ過ぎる。

この一言に尽きるのではないかと思う。

「あのねえ、来栖」

「職場じゃないんだから名前で呼べって言ってるだろ、結」

週末、私の家に押しかけてきた来栖は、当たり前のようにラグの上に腰をおろし、そしてまた当たり前のように私に手招きする。

いやだ。行きたくない。行ったらまたえらい目に遭わされる。

そして私は、来栖から一定の距離を保った位置に、スマホを持って正座した。

彼と付き合うことになって、十日程が経った。

来栖は公私混同することなく、会社ではこれまでどおりきっちり仕事をこなすし、意見が合わなければ言い合いもするし、名前もちゃんと「広瀬」と呼ぶ。

だから仕事をする上では、なんの支障もないのだが……、私はその他の件で少々物申したいことがあった。

「見て、これ」

「何？」

「来栖からのメッセージ」

特に意味のないメッセージが、ずらずらっと画面に並んでいる。それを来栖に向けた。

この一週間、私が返事をするしないに拘《かか》わらず、とにかくガンガン送られてくるのだ。

「いくらなんでも多すぎるわ！」

「なんだよ、お前がメッセージはこまめに送れって言ったんだろ」

「言ったけど、こまめの頻度にズレがあるよね⁉　それにこれっ！」

スマホの画面を一日自分に戻し、指を滑らせて目的のメッセージを表示させると、再び来栖に突き付けた。

「玄関でゴキが死んでたみたいな報告は、いらないから！　しかも画像付き！」

「俺ゴキブリ、ダメなんだよ。その衝撃を共有しようと思ったんだろ」

「私だって苦手に決まってんでしょ！」

ゴキの写った忌まわしいメッセージを表示させたスマホを、腕を伸ばして来栖に押し付ける。

「お願い、責任持って消して！　見るのも触るのも嫌なの！」

「そんなアップで撮ってないのに。遠慮して遠目のアングルで」

「そんな気遣いするくらいなら、最初から送ってくるな！」

仕方ない、と来栖がようやく私の手からスマホを抜き取る。すい、すいっと指を動かして画像を削除してくれているのだと思う。

「消した？　消えた？」

「ん。なあ、この画像は？」

「え？」

そう言って、来栖はメッセージ画面をスクロールしている。だが、来栖がどの画像のことを言っているのか、こちらに画面を向けてくれなければわからない。

私はスタンプくらいしか送ってないから、来栖の送った画像のどれかだと思うけど。

「どれのこと？」

「これ」

尋ねても来栖は自分の手元を見るばかり。仕方なく四つん這《ば》いになって近づき、来栖の手元を覗き込む。そこで、やっと来栖が私にも見えるようにスマホの角度を変えてくれた。

「どの画像のこと言ってんの？」

「これ」

来栖が自然な動きで私に上半身を寄せた。と同時に、彼の手が四つん這《ば》いの私の腰に触れる。

その手の感触に、思わず、びくっ、となった。

「これ、うちの隣で飼われてる猫なんだけど」

しかし、なんの意図も感じさせず来栖が話を続けるので、私は徐々に警戒を緩《ゆる》めていく。

「これがどうかしたの」

「たまに部屋から脱走して、マンションの廊下で寝てたり、虫追っかけたりしてるんだけど、俺が帰ってくると足元にすり寄ってくるんだ」

「へえ」

随分と人懐《ひとなつ》っこい猫ちゃんらしい。

腰に触れた手に引き寄せられて、自然と来栖の隣に腰を落ち着ける。

「たまに戦利品を見せられるから、多分あのゴキもこいつの仕業《しわざ》じゃないかと思うんだよな」

「うわー。猫は可愛いけど、虫の死骸は勘弁だわ。それで結局、あのゴキはどうしたの？」

「ちりとりで外に持ってって埋めた」

「は？　わざわざ外に埋めに行ったの？」

「家の中に持ち込むのも、廊下に放置すんのも嫌だろ」

それを聞いて、思わず、ぶはっと笑ってしまった。

ゴキブリが苦手なのはよくわかったが、死骸をわざわざ外に埋めに行くなんて人は初めてだ。

「普通、そこまでする？」

「家の中に出たなら、まあ、ゴミ箱だけどな」

「っていうか、来栖のとこってペット可なんだ」

「いつか飼いたいと思って……お前、猫と犬どっちが好き？」

「猫！」

「俺も。警戒しながらじわじわ寄ってくるとことか、可愛いよな」

そう言うなり、来栖がするっと私を抱き寄せる。またしても、身体を固くする私のこめかみに、ちゅっ、とキスをした。

甘ったるい空気を漂《ただよ》わせ始めた来栖から、急いで離れようとしたけれど、やんわりと腰に回された腕は案外力強い。

だが、それ以上何もしてこないので、私はつい気を許してしまう。

「け、携帯返して」

「ん」

「画像、消してくれた？」

「不安なら自分で確認すれば」

手の中に戻された携帯の画面を指でスクロールし、ゴキ画像が消えていることを確認する。その間、ぴったりと来栖に寄り添う形になってしまい、妙に落ち着かない。

私は、意味なく画面上に指を滑らせながら、何か別の話題を探す。

私が黙れば、来栖のまとう空気が糖度を増すばかりだからだ。

「と、とにかく、こまめに連絡が欲しいっていうのは、ずっとって意味じゃないから。たとえば、ふっと、私のことを思い出して、話したいなーって思ったりする時のこと」

「だから、そうしてるだろ」

「え、これ全部？　四六時中みたいな感覚なんだけど」

さすがにそれは引くんだけど……と、ずらずら並んだメッセージを眺める。

平日、会社で会っている時間以外。

おはようからおやすみまで……とは言い過ぎだが、正直それに近い頻度でメッセージが並ぶ。

……なんか、過去の私のようだ。

私はこれまで、常に追いかける恋愛ばかりだったから、追いかけられることには慣れていない。

「悪い。今まで自分から連絡することがほとんどなかったから、タイミングとか、あんまわかんないんだよ」

なんというか、お互いこれまでの恋愛と真逆の立場にいるようだ。

ほんと、わからない。来栖みたいな男がここまで熱くなる理由も、その相手が私だということも、正直まったく解《げ》せない。解《げ》せないが、現実みたいだ。

そのうち、こめかみへのキスだけでは足りなくなったらしい来栖が、スマホを見ている私の顔を覗き込んで、耳にキスしてきた。そして、じっと私の表情を窺《うかが》ってくる。

それを敢《あ》えて無視していると、目尻、頬とキスが増えた。

「ちょっと。もうっ」

擽《くすぐ》ったくて顔を背《そむ》けると、今度は首筋を唇で啄《ついば》まれる。

この流れはマズイ！

骨抜きにされる前に、早くここから抜け出さなければ、と上半身を捩《ね》じって離れようとするが、腰に回された腕がそれを許してくれない。

「コ、コーヒー淹《い》れてくる」

「今は要らない」

られる。
「後で俺が淹《い》れてやるよ」
肩にかかった私の髪を後ろに流し、そのまま私の首筋を支えると無理やり目を合わせ
「私が要るのっ！」

「キスしていい？」

「……もうしてるじゃん」

「うん」

反論する私に、悪びれることなく笑って、唇にキスをした。

湿らせるようにゆっくりと唇を食《は》んでくるキス。それを、ぎゅっと目を閉じて受け入れていると、少しだけ唇を離して囁《ささや》かれた。

「力抜けよ。……キスしかしないって。約束だろ」

私は返事をする間もなく、再び唇を塞《ふさ》がれる。

……そうだ、これにも物を申したい。

確かに来栖はキスしかしていない。だけど、そのキスがやらしすぎるのだ。

一度きちんと、キスとセックスの境目を明確にしておくべきではないだろうか！

力が抜けていく私の身体を抱きかかえながら、来栖のキスが徐々に深くなる。

私の唇を一頻《ひとしき》り舐《な》めて堪能した後、僅《わず》かに開いた歯の隙間から舌を捻《ね》じ込んできた。

それだけで、私の腰がぞくぞくと騒めき始めるのは、この先のキスがどれ程濃厚か、身体がもう知っているからだ。

上顎《うわあご》を舐《な》め、舌を絡めて擦り合わせる。いやらしい水音が耳に届いて、恥ずかしさに来栖の服を掴んだ。

息継ぎに舌を解放し、唇が掠める距離で来栖が誘う。

「結、もっと口開けて」

言われるままに、口を開けてしまう自分が悔しい。

「んん……っ」

来栖が更に深く、ぴったりと唇を合わせる。そして、誘い出された私の舌に強く吸い付いた。獰猛《どうもう》に私の舌を貪《むさぼ》りながら、ゆっくりと私の身体をラグの上に横たえる。

そう、告白された夜と同じように。

あの日、私はここで長い長いキスに溺《おぼ》れた。

来栖は、ずるい。

告白して開き直ったのか、それとも何かの箍《たが》が外れたのか。舌への愛撫《あいぶ》で私を何も考えられなくさせてから、少しずつキスの場所をずらしていく。

頬から耳へ、耳から首筋へ。胸元を開いて、鎖骨から胸の際どいところまで。口づけて舌を這《は》わせ、私がちょっとでも抵抗すれば、耳に戻ってまた宥《なだ》める。

そうして少しずつ、私の許しを得ながら身体にいくつも痕《あと》を残していくのだ。

いや、ちょっと待って。キスしかしないって……これ、キスじゃないよね⁉

セックスの一歩手前じゃないか、と後で冷静になってみるとわかるのだけど、されてる最中は翻弄《ほんろう》されていてそれどころじゃない。

「ふあっ」

今日もまた、首筋を辿《たど》った唇が鎖骨に吸い付き、私は濡れた声を上げてしまう。

慌てて手で口を押さえるけれど、その手を来栖に掴まれラグの上に押し付けられた。

「声、我慢するな」

そのセリフは、もうキスのそれじゃないからね！

キスだけではあるけれど、あれだけ散々いい様にされたら、どっちの身体も熱くなる。

初めて来栖がここに泊まった夜も、そうだった。

ラグからベッドに移って、私を抱きしめて眠るだけ。

そういうところは、ものすごく律儀だし、優しい。

だけど、はっきり言おう。

女にだって性欲はあるのだ。

ここまでされたらその気になる。それくらいには、来栖のことが嫌いじゃない。

来栖が律儀に約束を守っていなければ、私はとっくに抱かれているんじゃないかと思う。

なら、私から「抱いて」と言えばいいのだろうか？

だけど、それも違う気がした。

私には、来栖の怒濤《どとう》の告白と熱いキスに流された自覚がある。

もちろん、来栖の気持ちは、すごく伝わった。それを、嬉しいとも思う。

来栖はなんだかんだ言って、やっぱりいい男だ。

だけど、だから好きかというと、そんな簡単なことじゃないだろうと思うのだ。

自分の気持ちがどこにあるのか、わからないうちに口説《くど》き落とされてしまった。

そのことを、きっと来栖も理解しているから、お互いに苦しい寸止め状態が続いている。

「なあ。今日、泊まっていいか？」

身体がぐにゃりと柔らかくなって、視界も覚束なくなる程、さんざん耳を舐《な》められた後で、来栖がそう言った。

焦点の合わない視界で、どうにか声のほうへ顔を動かし小さく頷く。

今夜も互いに、我慢の夜である。

＊　＊　＊

『好きでもないのに付き合ってるってことだよね？』

かつて来栖を非難した自分の言葉が、今まさに自分に返ってきている。

そんな付き合い方なんて、絶対できないと思ってた。

じゃあ、今の気持ちは。

そもそも、好きってどういうことよ。

近頃じゃ中学生でも悩まないいんじゃないかっていう、恋愛の初歩の初歩、原点まで立ち返って、私はうんうん悩んでいた。

結局、一人で悩んでも、身体も心も悶々《もんもん》とするだけだと気づいた私は、人生の先輩に助けを求めることにした。

しばらく枯れていた私より、きっと和田先輩のほうがたくさん恋愛を経験しているはずだから。


和田先輩が、テーブルの上に突っ伏しながらドンッドンッと、拳《こぶし》で天板を叩く。その度にチューハイのグラスが揺れるので、私は手で支えながら渋い顔をしていた。

「ちょっ、待って、マジで休憩、腹くるし……」

「……そんなに笑わなくても」

「いやだって、アンタ……来栖君がわかりやすいくらい行動に出てくれてんのに、そのフラグを全部スルーしてるとか……来栖君かわいそー。ウケる。ゲホッゴホッ」

笑い過ぎて咳き込み始めた和田先輩をざまあみろと思いながら、私は梅チューハイのグラスに口を付ける。

和田先輩に恋愛相談をするにあたり、これまでのことを順に説明していったら、途中からずっとこの調子だ。

来栖の気持ちを知った今、確かに私は酷かったかもしれない。

いや、だがしかし、その可能性を欠片《かけら》も思っていなければ、気づきようがないんじゃないだろうか。

「だって、あんなモテ男が私のことを好きなんて、普通思わないじゃないですか」

拗《す》ねて、ぶすっとしながら、私は枝豆に手を伸ばした。

「確かに。物好きだよね」

「ですよねー」

和田先輩は、一頻《ひとしき》り笑って満足したらしい。目尻に溜まった涙を拭《ぬぐ》う彼女は、まだ苦しそうではあるが、ふうっと一息ついてチューハイのグラスを呷《あお》る。

ほらごらんなさい。

第三者から見ても物好きと言われるくらいなんだから、私が気づくわけないじゃん。

「まあ、私はなんとなくわかってたけど」

「え？」

「だって、総務の毒花と別れる前後くらいから、あんたを見る目がちょっと違うような気がしてたからね」

「ええ……そう、ですか？」

「なんとなく？　別に確信があったわけじゃないけど」

和田先輩は、来栖の元カノである戸川さんのことを、毒花、などと揶揄《やゆ》するが、それも致し方ないのかもしれない。どうやら彼女は今、陰で人の悪口を言い過ぎて、孤立しているらしい。

そもそものきっかけは、私の後輩たちが、たまたまトイレで私の悪口を言う彼女とその同僚に遭遇し、キレたことだった。

『悪口を言うのは勝手です。けど、先輩本人は、誰に何を言われてるかわかってても、絶対に戸川さんの悪口は言わないですよ』

それを、戸川さんではなく、周りの同僚に向けて言ったという。

『悪口を言う人って、ところ変われば、誰の悪口を言ってるかわからないですよね』

シン、と静まり返ったトイレ内が、とても気持ちよかった。

後になって、後輩はそう語った。

それ以来、彼女の周りから取り巻きが減ったらしい。人間関係なんて何がきっかけでどう変わるかわからないものだ。やっぱり人間、誠実に生きなきゃダメだなぁとしみじみ思う。

まあ、それはさておき、来栖の気持ちにまさか和田先輩が気づいていたとは。

「私って鈍いのかな……」

「まー、鈍くないとは言わない。けど、まるで意識してなかったなら、そんなもんじゃない？」

「だよね。私、普通」

「来栖君が不憫《ふびん》なだけで」

「…………」

黙って、また枝豆を一つつまむ。

「で、あんたは何に困ってて、今日私を呼び出したの？」

「恋愛感情の定義について、ですかね」

「ぶはっ！」

和田先輩が、今日何度目かの笑いのツボにはまった。

「あんたって、なんだかんだ、真面目なところあるよね」

ひいひい言う程、ひたすら笑った先輩は、私が拗《す》ねて枝豆を全部食べ終えたところで、やっと真剣に答える気になったらしい。

「真面目というか……私って実は告白されたことがないんですよね。いっつも私が好きになるほうだったので」

もし、一度でも告白されたりお断りした経験があれば、少しくらいは判断材料になったかもしれない。すみませんね、モテなくて！

「自分が告白するほうだったら、その時点で相手への『好き』が確定してるわけじゃないですか。なのに、いきなり思ってもみなかった相手から告白されて、もうどうしていいやら。でも決して嫌いじゃないし、一緒にいて楽しい相手から告白されたら、嬉しいと思って当然なのかな、とか。じゃあこれは恋愛感情じゃなくて、ただ嬉しかっただけなのかな、とか」

「ははぁ……」

「でも嬉しいってことは、自分の中に好意があるからなのかな、とか。来栖がなんだかんだ、私に合わせようとしてくれるのが嬉しいのに、一緒にいて疲れるんじゃないかなって心配したり……」

「私にはさっきから惚気《のろけ》にしか聞こえないんだけども……」

「え？」

「青春の一ページを見開きで見せびらかされているような？　ってか、そんなに『嬉しい』を連呼してる時点で、恋愛になってるんじゃないの？」

先輩の言葉を聞いた私は、さぞ間抜けな顔をしていたことだろう。

「え……そんなに『嬉しい』って言いましたっけ」

「言ったよ。無意識に連呼する程、浮かれてんでしょ。多分、あんた頭の中がずっと混乱しっぱなしなんじゃないの？　だから余計わかんなくなってんのよ」

そうなのだろうか。

だとしたら、とても恥ずかしい。だって私は、恋愛相談と称してわざわざ先輩を呼び出しておいて、惚気《のろけ》を垂れ流している浮かれポンチということになる。

「え……じゃあ、嬉しいイコール好きでいいんですか？」

「いや、ごめん。そこはてきとーだけど」

「ちょっと先輩、真面目に」

「だって私、恋愛とかそういうの肌で感じるほうだし」

「カラダから？」

和田先輩は、そうなのか。そういう始まり方もあると素直に頷けたのは、きっと、以前小野田に色々と諭《さと》されたからだろう。

人によって、それぞれ恋愛の始め方は違うのだ、と納得していると――

「違うわ！」

「いだっ！」

バシッ！　と頭を叩かれた。

「肌で感じるってのは、空気感とか雰囲気とか直感とかってこと！　理屈で恋愛しないって意味でしょ」

「あ……ああ、そうか」

「あんた、やっぱりかなりパニクッてるよ」

和田先輩に言われ、両手で顔を覆《おお》って深呼吸をする。

そうかもしれない。

「……混乱してるからわからないのか、わからないから混乱しているのか」

「落ち着け。というか、ダーリンからメール入ってんじゃない？」

「だっ……」

「ほら」

先輩の視線の先には、テーブルに出しておいた私のスマホがある。マナーモードにしてあったので気づかなかったが、メッセージの小さなウィンドウが開いていた。

見ると、ダーリン、もとい来栖からのメッセージだ。

「ダーリンなんだって？」

「まだ飲んでんの？　って……あ、またきた」

次に受信したのは画像だった。

「何これ。枝豆？」

ザルに入った枝豆と、缶ビールが写っている。来栖もどこかで飲んでいるのだろうか、と思っていると、再びメッセージが届く。

『枝豆買ってきて茹《ゆ》でてみた』

どうやら宅飲みをしているらしい。

「なになに。ダーリン早く帰ってこいって？」

「ダーリンはやめてください。別に、一緒に住んでるわけじゃないですし！　ただなんか、枝豆とビールの画像が送られてきたんですけど」

本当に来栖は、言葉が苦手なのかもしれない。私がこまめに連絡しろと言ったのを実践してくれているのはいいのだが、よくわからない画像をたくさん送ってくる。

「何を送ればいいかわからないからですかね？　画像が多くって……大半は猫ですけど」

「へー」

「見てくださいよ、これが今のでしょ。そんでこれは、近所の猫ですね。あとこれが駅前の居酒屋にいた猫らしく……」

「口元ゆるっゆるなんだけど、自覚ないのかしらこの子」

「え？」

「いーえー。つか、その猫ちゃんは知らんけど、ビールと枝豆を送ってきた意味は私わかるかも」

「え、意味？」

「あんたのこと釣ってんでしょ。帰りに寄って欲しいんじゃない？　ちょっと携帯貸して」

「いやいや……それに私、来栖の家知らないし」

ビールと枝豆はここにもあるから飲みにくれば、ってこと？

そんな遠回しなことするわけない、と先輩の意見を否定しつつスマホを差し出す。てっきり来栖の送ってきた画像を見るだけかと思ったら、先輩はおもむろにテーブルの上を撮影して、何やら画面を操作する。

「え、何してるんですか」

「こっちで枝豆たらふく食べたからもう帰る、って送ってみた」

「ちょっと。何を勝手に！」

「あー、きたきたきた」

即座に反応があったらしい。

「電話かけてきたよ」

向けられたスマホ画面は着信中であり、来栖の名前が表示されている。

「ちょっ、返してください」

「もっしもーし」

「ちょおおおおおお！」

取り返そうと伸ばした手をひょいっと避け、先輩はあろうことか電話に出てしまった。

「ごめんねぇ、今日は結借りちゃって」

なんで私が先輩と飲みに行くのを、先輩が来栖に謝らなければならないのか。

とにかく、余計なことを喋《しゃべ》らせるわけにはいかないと、なんとかスマホを取り戻そうとするのだが、テーブルを挟んだ状態では埒《らち》が明かない。

立ち上がって急いで先輩に近づいた、その間も会話は続いている。

「なんかねぇ、恋愛相談なんかされちゃって。先輩としては可愛い後輩の悩みを聞かないわけにはいかないでしょぉ」

余計なことしか言わねぇ！

「先輩、スマホ返してマジで！」

和田先輩は、ひょいひょいと私の手をかわしてスマホを右耳、左耳と移動させる。最終的には私の額《ひたい》に手を当て、腕をツッパリ棒のようにして距離を取られた。

「もうねえ、この子が恋愛する日が来るとは思わなくって、私としてはなんとしても力になりたいわけなのよ」

嘘つけぇえええ！　面白がってるようにしか聞こえないから！

先輩は私と獅子原さんとのことを知らない。だから余計に、長期間の枯れ女の印象しかないのだろう、っていうか、彼氏いたとこ見せたことない、そういえば。

「うん……うん、いや、あんたが悪いってことじゃないのよ。恋愛力ってかさ、そういうのが要るのよやっぱり」

どうやら来栖の相談にも乗り始めたらしい……

来栖の言葉は聞こえないが、なんだか恥ずかしくてたまらない。

かああっと顔に熱が集まり汗が噴き出してくる。

私が悩んでいることがすっかり来栖に伝わってしまったので、もはやスマホを取り返す気力も萎《な》えてしまった。

「どんなに愛情を注《そそ》がれてもそれをキャッチできなきゃ、上手《うま》く息もできないわけよ。結はさ、自分に自信がないから、余計にそれを邪魔してんのねぇきっと」

「やっぱ返してぇえ！　もぉおお！」

私は額《ひたい》にあったツッパリ棒のごとき腕を無理やり外して、先輩に抱きついた。

すると先輩は、「うん、うん」と来栖に相槌《あいづち》を打ちながら、私の額《ひたい》をべしっと平手で叩く。

「いたっ！　ちょっ」

スマホを耳に当てたまま、ぎろっと私を睨《にら》んだ先輩は、びしっと座布団の上を指差した。大人しく座ってろっていう意味だ。

人の電話に勝手に出ておきながら、なんて理不尽な……と思っても、先輩に頭が上がらない私は、唇を噛みしめつつ、彼女の隣に座る。

ううう、この状態で大人しくしていろなんて、なんて苦行だ。

「来栖君のせいじゃないからさ。ただ、あんまり追い立て過ぎないで、気長にコツコツ接してやって欲しいってことよ……うん？　え？　はあ……」

先輩の声音がちょっと変わった。来栖が何を言ったのか気になって、つい耳をそばだてるが、さっぱり聞こえない。

「ああー……いや、駆け引きって程でも？　うん……加減がわからない……ちょっ、二人揃って恋愛偏差値低いの？　ウケるんだけど」

最後のほうは来栖に聞こえないようスマホを押さえて、私に言った言葉だ。

来栖……一体何を言った？

「ま、とりあえず結はテンパってるだけだからのんびりと……え、この後？　どうだろ。ってかまだ食べてるし、私も話し足りないし……えー……」

何やらその辺りから、ぼそぼそと声が小さくなり、「んー」とか「そうねー」とか短いやり取りが繰り返される。尚更今どういう会話になっているのかわからない。

「あの……先輩、マジでもう、終わってくださいよ……」

「……了解。それで手を打つわ」

うおーい？　なんか取引成立した？

ハラハラしながら先輩の横顔を見守り、電話を代わってもらおうと待っていたのに、ぴっと電話を切られてしまった。

「えっ！　ちょ、結局来栖はなんで電話かけてきたんですか？」

「うん、この後、結に会いたいんだって。駅まで行ってやんなよ」

「えっ」

先輩の隣に正座した私の膝に、ぽいっとスマホが戻される。

「……でも、あの」

「何？」

「こんな話の後に会うのは、大変気まずいのですが」

「こんな話の後だから、来栖君はあんたに会いたいみたいだけど？」

ほら、さっさと食べて、と先輩は急に食べる速度を上げる。

私の皿にもテキパキと料理を取り分けながら、続けて言った。

「あんたと来栖君はどっちも恋愛不器用みたいだけどさ、来栖君のほうが勘はいいよね」

「はあ……？」

「こういう時に、放っときたくないって」

先輩曰《いわ》く。

こんなこっぱずかしい状況で、私だったら今は絶対に会いたくないと思ってしまう。けれど、来栖は逆に今だからこそ会わなければいけないと思ったらしい。

「それは、枝豆を茹《ゆ》でちゃったからとかではなく？」

「当たり前でしょ」

「ですよね」

ばくばく、と料理を片づけていく先輩に、負けじと私も料理を口に入れる。その時、ブブッと、メッセージを受信し、何気なくスマホに目を向けた。

『待ってるな』

短い一言に、きゅんと胸が鳴る。

ああ、きっと奴は……本当に私が行くまで、ずっと待っているんだろう。

「行ってあげなよ。そっちに向かわせるって私約束しちゃったし」

「……そういえば、なんか取引が成立してませんでした？」

「いや？　……ちょっと合コンのセッティングを頼んだだけ」

そんなこったろうと思いました、と呆れてグラスに残っていたアルコールを一気飲みした。

確か来栖はいい大学を出ていたようなことを聞いたことがある……

「……来栖の大学って」

「慶應よ！　気合入れなきゃでしょう！」

改めて、スペックの高い男だと思い知る。

先輩の合コンのために引き渡されるらしい私は、いつもは乗らない路線の電車に乗っていた。

自分から来栖に会いに行くのはハードルが高いけど、約束のために仕方なく、という理由があれば、案外素直になれるようだ。

あんな話の後に顔を合わせるのは恥ずかしい。が、会いたくないわけではなかったのだと気づいたのは、指定された駅に着いて、改札の向こうに、来栖の姿を見つけた時だった。

この辺りは住宅街なのか、改札を通り過ぎる人は結構、多い。

人波から頭一つ飛び出る高身長なのに、来栖は少し背伸びをして私を探している。

ぱち、と目が合った時、彼がちょっと口元を緩《ゆる》める。照れくさかったけど、私も釣られてちょっと笑う。

小さく、控えめに手を振って、改札の人の列に並んだ。

どこか浮かれている私は、来栖に会うのを嬉しく思っているようだった。

改札を抜けて来栖を前にすると、何を言えばいいかわからなくなる。結局、口から出るのは、可愛げのない言葉だけ。

「お疲れ。……もう休んでたんじゃないの？」

ジーンズと上はラフなシャツ一枚。髪は乾いているけれど、セットされていないことから、すでに入浴を済ませた後だろうとわかる。

「家でちょっと飲んでた。悪いな、車出せなくて」

そう言って、嬉しそうに顔を綻《ほころ》ばせた来栖は、躊躇《ためら》うことなく私の手を取る。そのまま手を繋いで歩き始めた。

「枝豆茹《ゆ》でた甲斐があったな」

とやたら嬉しそうな横顔がある。こいつはどこまでも私を枝豆キャラにしたいらしい。

「あのね。枝豆ごときに釣られるわけないでしょ」

そう言うと、来栖が心底驚いた顔をした。

「じゃあ何に釣られた？」

「え、あっ」

枝豆が無ければ来なかったか、と言われればそうでもない。ただ私は、私に会いたいと言ってくれたことが嬉しかったのだ。

まっすぐ私を見る来栖の目が、ちょっと期待しているように感じる。

多分、私の今の気持ちを正直に言えば来栖は喜ぶ。ただ、わかっていても、意識すればする程、難しくなる事柄というものもあるのだ。

「……せ、先輩が、合コンセッティングしてもらうから、行けって言うから」

素直に会いに来たと言葉にするのは、ものすごく高いハードルだった。

なぜだ。獅子原さんの時には、普通に言えていたのに……

「ああ、合コンか……忘れてた」

「ちょっと。ついさっきのことでしょ！　先輩マジだよ」

「わかってるわかってる。アテはあるんだ、めんどうだけど」

素直じゃない私にむっとするでもなく、来栖は機嫌よく笑いながら繋いだ手の指で、
時々私の手の甲を撫でる。

「コンビニは？　寄らなくていいか？」

「え？」

道中、来栖が思いついたように反対車線側にある青い光のコンビニを指差した。

「急だったし。化粧品とか色々いるんじゃないか」

そのセリフでわかる、つまりお泊まりの準備ということだ。

私は、肩にかけたトートバッグの持ち手をぎゅっと握った。

「……うん。大丈夫。ここに来る前に、寄ってきたから」

和田先輩に、電車に乗る前にコンビニに連れて行かれ、この時間に行くなら泊まるに

決まっているのだからと、お泊り用品一式を買わされた。

確かに、時間帯的にお泊まりしかあり得ないわけだけれども、準備万端で行くのは恥ずかしいから嫌だと言ったら却下されたのだ。いざ脱がされたらどうするんだ、と脅されて下着も買わされた。

「そっか。じゃあ直行だな」

先輩の指示に従ってよかったのかどうなのか。とりあえず来栖がはにかんで嬉しそうにしているから、多分正解だったのだろう。

今まで、私の家にお泊まりしたことはある。が、来栖のテリトリーとなると話は別で、歩くうちにどんどん緊張感が増してくる。

駅から十分程歩いて、来栖のマンションに到着した。中々立地がいい。

途中にコンビニもあればスーパーもあり、生活するには利便性がよさそうだ。

玄関を入ってすぐに、浴室とトイレらしき扉があり、正面には透かしガラスの中扉が見える。

「お、お邪魔します」

中扉の奥へ入る時に、ついもう一度言ってしまったのは、この中がいよいよ来栖のテリトリーだと感じるからだろう。

「そんな、かしこまるなよ」

「……そういえば、来栖はいつも我が物顔で家に入ってくるよね」

「結もそうしてくれていいけど……こんなへっぴり腰じゃなくて」

おそるおそる中に入る私を可笑《おか》しそうに眺めながら、来栖はキッチンに入って行った。

六畳くらいの洋室の右側に対面キッチンがあり、カウンターに沿うように二人掛けの小さなダイニングテーブルがある。

六畳の部屋にしては大きめのテレビがあり、その前にローテーブルと――

「ああああ！　人をダメにしちゃうソファだ！」

ビーズがぎっしり詰まった、寝心地も座り心地もよさそうな、大きなクッションのようなソファがあった。

「どうぞ。使えよ」

キッチンから聞こえた笑いまじりの声に、さっそく甘えさせてもらう。バッグを置くなり、ころんと上半身を預けた。

柔らか過ぎない、ちょうどいい身体の沈み具合が気持ちいい。

「いいなー、これ欲しい」

「ここに来たらいつでも好きに使えるぞ」

キッチンから出てきた来栖の手には、トレーに載せられたザル盛りの枝豆に、缶ビールとグラスが二つ。

どうやら、私がビールと枝豆に釣られたという可能性をまだ捨てきれないらしい。それらをローテーブルに置くと、来栖も同じソファに背中を預けた。

「ビール飲むか？　それとも風呂上がりのほうがいい？」

「え、……っと」

ソファから目線だけ上げれば来栖と目が合った。口元が緩《ゆる》んで、伸びてきた手に頬を擽《くすぐ》られる。

「もうちょっと、こうしてる」

気持ちいい。

恥ずかしいけど、一緒にいる時間はとても心地いい。

多分それが、私の答えなんだろうと、ふと気がついた。テンパッて、ややこしく考えるからわからなくなっていた。答えはシンプルでよかったのに。

心地よい。

来栖と一緒にいる時間は沈黙も言い争いも苦じゃない。笑い合う時も、ムキになって張り合う時も、いつだって自分らしくいられる。

私の心はとっくに、来栖の傍にいることを受け入れているらしい。

ソファに横向きに身体を預けて、来栖を見ながら口を開いた。

「気分悪くなかった？」

「何が？」

来栖の目がぱちくりと瞬《まばた》きをする。

「勝手に先輩に相談して、嫌な気がしなかったかなと思って」

来栖にしてみれば、なんで自分たちのことを人に相談するのかと、気分を悪くしたんじゃないかと思ったのだ。だけど、来栖は少しもそのことに触れてこない。

やっぱり気を使わせているのだろうか、と思う。

けれど、言葉の意味を察した来栖は、予想に反してとても嬉しそうに目を細めた。

「もっと俺が、結の話をちゃんと引き出せてたら、とかは思ったけど」

「いや、来栖が悪いことは何も」

「でもなんか、後から考えるとちょっと嬉しかったんだよな」

来栖の指は変わらず私の頬を撫で、顔の輪郭を辿《たど》る。

指の動きや、まとう空気、来栖の表情までが擽《くすぐ》ったい。

「嬉しい？　なんで？」

「それだけ真剣に、俺のことを考えてくれてるってことだろ」

「それは当たり前でしょ」

「俺には当たり前じゃなかったんだよ」

顎《あご》を撫でていた指が、今度は顎下《あごした》まで入り込む。うりうりとまるで猫にでもするような仕草に、さすがに首を竦《すく》めた。

「もう、擽《くすぐ》ったいって」

「んー、悪い」

照れまじりの私の抗議に、来栖はようやく指の動きを止めてくれた。

これで落ち着いて話ができると思ったのも束の間、大きなクッションソファの上に、来栖もころんと上半身を預けた。

そして、甘い空気はそのままに、片手を私の腰に回してぐいっと引き寄せてくる。

「あ、あのさ……」

「ん？」

甘い雰囲気に耐えかねて、来栖に話しかけるが、後の言葉が続かない。

間近に来栖の顔があって、長い睫毛《まつげ》が瞬《まばた》きで揺れるのをじっと見つめる。

来栖の手が、私の腰から二の腕を上がって肩に触れ、そっと首筋に添えられた。

その、とてもゆったりした一連の動作で、私の心臓も徐々に逸《はや》り始める。

もう、わかる。

こういう雰囲気で、上向いた来栖の目に熱が込められていたら、キスが始まるのだともう知っていた。

「飲まないの？　ビール……」

「んー……今は、いいや」

「そ、……っ」

会話に逃げようとした私の唇に、来栖の指が触れた。

唇に落ちていた視線が上がり、熱を孕《はら》んだ来栖の目と見つめ合う。

逃げ出したいと思うのは、怖いからだ。これ程心地よいキスをくれる人を、私を溺《おぼ》れさせる人をまた失ったらと思うと、怖くなる。

溺《おぼ》れるだけ溺《おぼ》れて、ぽいっと放り出された時の痛さを知っているから……

だけど、ねえ？

未来のことなんて、きっと誰にもわからない。なら、私がいつまでもここで、うじうじと立ち止まって悩んでいる意味なんてないのでは？

少なくとも今ここに、私に精一杯の愛情を示してくれている人がいる。

その愛情を受け取ることを心地よいと思っているなら……もう、認めてしまおう。

私の首筋を支える手に、少し力が加わって来栖の顔が近づいてくる。

軽く一度、唇を啄《ついば》まれた。私はそれに応《こた》えるように、彼の二の腕に触れる。

来栖がちょっと驚いた顔をした。

いつもの私と何か違うことを察したようだ。

これまで私は、来栖にされるがままで自分から応《こた》えたことがなかったと思う。

自分の気持ちを認めるだけじゃなく、きちんと言葉にしなければ。そうしないと、私たちは前には進めない。

「……私」

心臓が痛いくらいに高鳴り、私の声が少し震えた。

ぎゅっと、来栖の腕に添えた手を握る。

「どうした？」

来栖の声が優しくて、私はその声に後押しされるように気持ちを言葉にした。

「私、来栖と、ちゃんと付き合う」

今更な宣言だけれど、来栖にはこれで通じるはずだ。

その場の勢いに流されてここまで来たけれど、これからはちゃんと私の意思で付き合うのだと彼に伝えたかった。

しかし来栖は、目を大きく見開くばかりで何も言わない。

やっぱりこれでは、足りないのか。

――好き。

このたった二文字を、察してはくれないのだろうか。

往生際《おうじょうぎわ》の悪い私と、伝えたいと焦る私が胸の内でせめぎ合う。だけどその時間は、実はそれ程長くなかったのかもしれない。

ものすごく長く感じた数秒の後、私から出た声は蚊の鳴くような、か細い声だった。

「…………好き…………」

なんだと、思う。

そう付け足しそうになった私を止めたのは、来栖の唇だった。まるで堪《こら》えていたものが溢《あふ》れ出したみたいに、性急に唇を舌で割り開かれ口内を貪《むさぼ》られる。

あっという間に照れくささは、飛んでいった。

舌を絡め、息継ぎの合間に、自然と言葉が溢《あふ》れる。

「好き」

「ん……」

「好き、和真」

ぎっしり詰まったビーズが、ぎしぎしと圧迫される音がして身体が沈む。彼が覆《おお》い被さって、体重が加算されたからだ。

キスを交わしながら仰向けにされ、彼の身体に圧《の》しかかられる。

「好きだよ、和真」

「俺も」

「うん」

背中に手を回し、私からキスを強請《ねだ》れば、しっとりと濡れた唇が重なり彼の舌が潜《もぐ》り込んでくる。

そうして濃密なキスを堪能した後、彼は私の肩に顔を埋《うず》め溜息をついた。

「やべ……嬉しい」

「……ねえ、私、多分、すごくめんどくさいよ。それでもいい？」

「何が」

「わかるでしょ。恋愛観がまるで違ったじゃん。もっと会いたい話したい、構って欲しい察して欲しい……好きになったら止まらないんだよ。それで、前は振られたの」

同じ轍《てつ》は踏むまいと思っても、そう簡単には変えられない。

また引かれたらどうしようって、どうしても思ってしまう。

なりふり構わず恋に夢中になって、めんどくさい女になる。嫌われたいわけじゃないのに、自分でもどうしていいのかわからなくなるのだ。

だけど、もう遅い。私は、来栖が『好き』だと自覚してしまった。

「めんどくさい女を落とした責任、取ってよね」

ぎゅう、と来栖の襟元を握って言った私に、来栖はくしゃっと表情を崩して笑う。

「お前。ここ数週間の俺を思い出してみろよ」

「え」

「お前に負けず劣らず、めんどくさかったろ」

そう言われて思わず瞬《まばた》きをした。

そうだ、確かにここしばらくの来栖は、ちょっとめんどくさい男だった。

「……ほんとだ」

本気の恋は、人を面倒くさい生き物にするらしい。

ふ、と笑った私にキスの雨が降る。

私は来栖の襟元を握っていた両手を首に絡め、そのキスを受け止めた。

7　女は愛するより愛されるほうがいい

クッションソファの上に押し倒され、口づけを交わす。耳元でビーズの軋《きし》む音を聞きながら、彼の身体にしがみつきキスに溺《おぼ》れた。

その間にも、和真の手が私の服を性急に脱がしにかかる。

さっき、ここに着いたばかり。

ローテーブルの上で、ビールはまだプルトップも開けられていない。

もうちょっと、話をしてからでもいいのではないかと思った。けれど、触れ合う以上に急を要する話は、特にないような気もする。

「ん……あっ」

ブラウスのボタンを外され、来栖のキスが首筋に移った。唇を肌に這《は》わせながら、時々熱い息を私の肌に吹きかける。その度に、私はぞくぞくと背筋を走る快感に吐息を零した。

「待って……来栖」

「名前。元に戻ってる」

「あ……だって、すぐには慣れないって……」

『結』って名前で呼んでもらえることが、ちょいちょいと私の女心を刺激している。だから、言葉以上に、もっと気持ちが伝わればいいと思って咄嗟《とっさ》に『和真』と呼んだのだ。だけど、まだ脳内では上手《うま》く切り替えができていない。『来栖』だったり『和真』だったり、行ったり来たりだ。

「結」

首筋を上がった唇が、耳元で熱い息と共に私の名前を囁《ささや》いた。

「あっ……和真っ……」

かずま……和真、和真。

感覚を忘れないように何度も頭の中で繰り返す。

ブラウスの前を大きく開き、和真が首から鎖骨、胸元へと手のひらを滑らせ、それを追うように唇が肌を伝う。背中に回った手が下着のホックを外して、胸が軽い開放感に揺れた。

夢中になって胸元に口づけている和真を見ていると、なんとも言えず可愛くなって、そっと髪を撫でた。

けれど、視線を上げた和真と視線がぶつかり、どきりとさせられる。

可愛い、けれど男だ。

そう思った次の瞬間、ぐいっ、と一気に下着を上に捲《まく》られた。

「ぎゃ！　ちょっ」

当然、来栖の目の前には私の裸の胸が晒《さら》される。和真は躊躇《ためら》いなく下から胸を持ち上げ、見せつけるように先端に齧《かじ》りつく。

胸元へのキスはこれまでも散々されたけど、的確に官能を刺激する触れ方に、否応《いやおう》なく身体が熱くなる。

「……あの時も思ったけど」

「……え？」

ぽう、と熱くなった頭でぼんやりと返事をした。

「お前……結構、胸あるよな」

ぽよん、と和真の手の中で私の胸が弾む。

「バドミントンの時、めっちゃ揺れててさ」

「ばっ……」

いつのことかと思ったら、まさかまったく意識してなかったバドミントンの時！　思わずバシッと和真の頭を叩いてしまった。

「いてっ！」

「ばかっ！　変態どこ見てんのよ⁉」

「見たくて見たんじゃない。あれだけ揺れたら、勝手に視界に入るだろ」

「うるさい言うな、って、んんっ」

恥ずかしさから胸を隠そうとするが、それより彼の動きのほうが速かった。硬くなった先端を舌で捕らえられ、ぱくりと口の中に含まれてしまう。

敏感なところを熱く濡れた舌で擽《くすぐ》られ、私は容易《たやす》く黙らされた。胸に舌での愛撫《あいぶ》を受けながら、彼の手に身体を少し浮かせるよう促《うなが》される。

ブラウスを剝《は》ぎ取られ、腰から脇、二の腕へと上がった大きな両手に、かろうじて腕に引っかかっていたブラも取り払われた。

服を脱がすにも、いちいち手のひらで肌を撫でていくから、こっちはたまらない。

甘い吐息と共に漏れそうな声を必死に噛み殺す。自分ばかりが乱されているようで、恥ずかしさが募《つの》ってくる。

「ねえ……なんか、触り方、やらしい」

「そりゃ、やらしいことしてるからな」

胸元から鎖骨へ、キスが上がってきて、再び耳を攻められる。

感じる和真の息遣いが、私同様、熱くなっていて少しほっとした。

ふわっ、とシャンプーの香りがする。

ああ、そういえば、お風呂を済ませたみたいだった。

そこで唐突に、気がついてしまった。

私は、一日仕事をしてきたままだということに。

「……ま、待って。あ、後にしない？」

「は？」

「シャワーしたい、あ、ちょっ……」

私の制止を無視して、和真は背中を撫でていた手をお尻のほうへ潜《もぐ》り込ませ、もう片方の手でスカートのホックを外してしまう。

「お願い、シャワーした……んんっ」

腕やら脚やらに絡みつかれ、がんじがらめの状態で唇まで塞《ふさ》がれた。

舌を吸い上げられ甘噛みされると、身体から力が抜けて抵抗ができなくなる。そうこうする間に、和真は私から全ての衣服を剥《は》ぎ取ってしまった。

私の脚を撫で上げる和真の手が、下腹部に近づいてくる。

与えられる刺激に身体は熱くなるし、この先を期待してお腹の中が疼《うず》いて仕方ない。けれど、シャワーを浴びていないことがどうしても気になって、つい彼の手を掴んでしまった。

すると和真は、私の首筋に顔を埋《うず》めてくる。

「ちょっ、ほんと、汗かいたしっ」

一度気になり出したら、汗臭いのではないかとハラハラしてしまう。

「ん。汗の匂いって興奮するよな」

「ばっ、ばっか！　しないよ！　変態発言ヤメテってば！」

だめだ。すっかり箍《たが》が外れてしまっている男を、止める術《すべ》が見つからない。

そうだ、思えば初めてキスをした時から、こいつはこういう奴だった。スイッチが入ったら、何を言っても止まらない。

「やだって、ほんと、ちょっ、あっ！」

なんとか押しのけて背中を向けるが、簡単に捕まった。

今まさに汗をかいているだろう首筋を、べろりと舌で舐《な》められて、いやいやと首を振る。和真はそのまま、ちゅっ、ちゅっと首筋に吸い付きながら、じりじりと手を際どい場所へ近づけていく。

「シャワー、……浴び、たいっ……」

「わかった。後で一緒に入ろう」

「全然わかってない！」

「舐《な》めるのはシャワーしてからにするから」

そう言いながら、彼は私の背中に舌を這《は》わせていった。

一体、どこを舐《な》める話をしてるのか。

大体、そんなこと言われたって羞恥心《しゅうちしん》が煽《あお》られるだけで、ちっとも安心できない。

「デリカシー！　デリカシーがない！」

往生際《おうじょうぎわ》悪く喚《わめ》く私を拘束しながら、背中にキスしていた和真が少しずり上がる。後ろから私の顎《あご》を捕らえて、不自然な体勢で唇を重ねられた。

その時、お尻に触れる熱く硬い感触に気づき、どきりと心臓が跳ねる。それが何かを理解して、身体の奥がきゅんと鳴いて無意識に彼を呼んだ。

唇を軽く吸って離した後、和真はそれを私に押し付けながら掠れた声で囁《ささや》く。

「……な。もう、待つのしんどい」

かあ、と頭に血が上《のぼ》った。それと同時に、和真の指が私の濡れた場所に触れる。

「んっ、やっ、だ……」

「な……ここ、入れさせて」

長い指が優しく蜜を掬《すく》い、赤く熟《う》れた敏感な場所を撫でる。

耳元で囁《ささや》かれる、甘えるような和真の誘惑に、抗《あらが》えるはずもなく。

「やっ……あぁ」

敏感なその場所でくるくると円を描く指に、私の手の力が抜けていく。下腹部や脚が小刻みに震え、否応《いやおう》なく熱くなる身体に、私は抵抗できなくなっていった。

考えてみれば、煮え切らない私のせいで、和真を随分と長く待たせている。シャワーの時間も待てないのは仕方ないのかもしれない。

「……結。抱いていいか？」

再び耳元で、熱く欲情した男の声で囁《ささや》かれ、ぞくりと肌が粟立《あわだ》つ。きゅんと下腹部が彼を求めて疼《うず》くのを感じ、観念した私は小さく頷いた。

その途端、だった。

和真の息遣いが変わる。一層、荒く熱くなり、私を背後から抱きしめたまま、激しく耳にしゃぶりついた。

「ひんっ！　あああ」

いきなりの変化に、驚いて悲鳴を上げた。ぐちゅぐちゅと耳を舌で嬲《なぶ》りながら、脚の間にある彼の手は緩急をつけて花芽を擽《くすぐ》る。

急《せ》かすように私の身体を昂《たかぶ》らせていく和真の愛撫《あいぶ》に、どうしようもなく感じさせられ背筋がしなる。縋《すが》るものを求めて、クッションソファを強く握りしめた。

私が抵抗しないことを悟ると、腰を捕らえていたもう片方の手もお尻側から私の脚の間に潜《もぐ》り込む。濡れた襞《ひだ》を割り開き、指で蜜口をなぞった。

「ああ、やだ、やん、やめっ」

長い指が蜜を掻き出しながら、隘路《あいろ》を解《ほぐ》し奥へと進む。そして、狭い膣壁を腹側へ押すように刺激した。耳と、花芽と胎内と、敏感なところばかりを一度に攻められたまらなくなる。

大きく口を開け、声もなく快感に溺《おぼ》れた。一気に高いところへ感覚を押し上げられ、そこでふわりと宙に浮いたまま頭の中が真っ白になる。

喉を仰《の》け反《ぞ》らせ、びくん、びくんと身体が痙攣《けいれん》した。

「ああ……可愛い、結……」

熱に浮かされたような和真の声も、どこか遠くから聞こえる。

快感以外の感覚が、全て遠い。

ぐちゅりと恥ずかしい音をさせて、和真の指が私の中から出ていった。耳の縁を軽く唇で啄《ついば》んだ彼が、私から離れたかと思うとすぐに何かを手にして戻ってくる。

仰向けになった私の脚の間を陣取ると、彼は着ていたシャツを脱ぎ捨てた。厚い胸板と、綺麗に割れた腹筋が目に入る。

小さな四角いパッケージを口に咥《くわ》えた彼が、ジーンズの前をくつろげるのをぼんやりとした目で見ていた。しかし、隆々とそそり立つ彼の欲望を目の当《ま》たりにし、かあっと身体の熱が上がった。思わず、手で目を隠して顔を逸《そ》らしてしまう。

ぴり、と避妊具の包装を破る音がした。そのすぐ後、彼が覆《おお》い被さってくる。

「結……」

「や……」

「こっち向け」

……やだ、恥ずかしいってば。

しかし、彼は許してくれず、私の手をどかしてもう片方の手で顎《あご》を掴む。真正面から見つめ合いつつ、彼は腰を揺らして私の中心に熱く硬い昂《たかぶ》りを宛てがった。

「ちゃんと見てろよ」

私の額《ひたい》に口づけると、彼はぐうっと奥までひと息に自身を突き入れる。

「あ、あああああっ！」

見つめ合ったまま、繋がりが深くなる。誰かを受け入れるのが久しぶりの私は、きつく彼を締め付ける。ぎちぎちに広げられたその場所が、少しの痛みと共に抗《あらが》えない甘い悦楽《えつらく》を連れてきた。

苦し気に眉を顰《ひそ》めながら、和真は私を見て小さく微笑む。

ああ。和真だ。和真に抱かれてる。

自然と目の奥が熱くなり、涙で視界が滲《にじ》んだ。指を絡ませ、強く手を握り合うと、どちらからともなく、深く口づけを交わした。

そこからの彼は、まさに貪《むさぼ》るが如《ごと》くだった。

ソファで一度、その後、約束どおりシャワーに連れて行かれて、身体を洗われた後に二回目。

そして今――

「ん、ん……っ、あああぁ」

セミダブルのベッドの上で、私は和真に内腿を舐《な》められていた。

左手で私の右の太腿を抱えていくつも痕《あと》を残しながら、右手で私の中を掻き混ぜている。

親指が、時々花芽を苛《いじ》めては、すぐに離れるから疼《うず》いて疼《うず》いて仕方ない。

あれ程性急に身体を繋げた男は、今度はじっくり時間をかけて私の身体を高めている。

そりゃそうだ。余裕もあるだろうさ。

すでに二回やってるんだし。

けれどこっちは、やればやるだけ体力を消耗する。しかもベッドに連れてこられてからは、焦《じ》らされるばかりで、身体が小刻みに痙攣《けいれん》していた。

その間に、和真の舌が内腿を伝って、徐々に濡れた蕾《つぼみ》に近づく。もどかしい程ゆっくりな動きに、つい強請《ねだ》るように腰が揺れてしまう。唇が中心に近づくにつれ、脚を抱えていた手も脚の付け根に這《は》い上がる。指で濡れた襞《ひだ》を掻き分けて、隠れている蕾《つぼみ》を空気に晒《さら》した。

熱い吐息がそこに触れて、ぞくぞくと肌が粟立《あわだ》つ。

早く、早く。

「結、舐《な》めていい？」

いちいち聞くな！　と抗議する余裕もない。

早く触れて欲しい。そこはもう、ジンジンと熱くひくついて仕方ないのに。

「はや、はやく……して、んあっ！」

身体の中に埋まった指が、ぐりんと中で回転し、その刺激に仰《の》け反《ぞ》った。

それと同時に、ようやく蕾《つぼみ》にぬるりと熱い舌を感じて。

「ああああぁっ」

蕾《つぼみ》の上を、舌が丁寧に行き来して、湧き上がる快感に背筋を反《そ》らせる。あんなに待ち望んでいた刺激なのに、今は苦しくて脚でシーツを掻いて逃げようとした。

けれど、がっしりと腰に絡んだ腕はびくともしなくて、蕾《つぼみ》を舐《な》める舌の動きに翻弄《ほんろう》され、びくびくと身体を跳ねさせる。

ひっきりなしに漏れてしまう甘い声。

彼が一度顔を上げて、「可愛い」と言った。恥ずかしいけど、何かほっとして、お腹の奥がきゅうと彼の指を締め付ける。

それを見計らったように、再び蕾《つぼみ》に吸い付かれて、びりびりと電流みたいな快感が身体の芯を突き抜けた。

「ああ！　ああああっ」

溜まっていた熱が、一気に放出される。

足の先から頭のてっぺんまで、ざあっと波が引いていく感覚。

頭の中が真っ白になって、自分の中が快感にひくひくと蠢《うごめ》いているのがわかる。

ちゅっ、と最後に蕾《つぼみ》をひと舐《な》めした彼が身体を起こす。まだ指の入っている場所に、和真の硬い熱を宛てがわれたと思ったら、指を引き抜きながらゆっくりと私の中を彼の熱杭が押し広げていく。

「ああ、ああ、んんんっ」

指で中を弄《いじ》られたり、蕾《つぼみ》を嬲《なぶ》られるのとはまた違う。

ぞわぞわと全身の毛が逆立つような、身もだえしたくなるような感覚に襲われ背筋がしなる。宙を掻いた手を和真の大きな手に掴まれ、指を絡めて握り合う。

身体の奥深くで繋がり、和真が私の両脚を肩にのせて覆《おお》い被さってきた。繋いだ手をベッドに押し付けられる。

和真が汗と涙で濡れた私の目元にキスをする。そうしながら、更に奥へと熱杭を押し入れてくる。

「……すげー、可愛い」

「やあ、んん、もう、はいらな……」

「痛いか？」

彼は空いたほうの手で額《ひたい》に張り付いた髪を避け、私の唇を啄《ついば》み舌で舐《な》める。

痛くはないと、頭を振った。

「じゃあ、気持ちいい？」

「ああ、も、やあ、ん」

ぐりぐりと子宮の入口を擦られ、大きく身体を揺さぶられた。どうしようもなくお腹の奥が熱くなって、繋がれていない手で彼の胸を押し返す。けれど、痺《しび》れて力が入らない。

和真と繋がった場所が溶けそうに熱い。

何度も奥を揺すられ続け、中から、とぷん、と蜜が溢《あふ》れてくる。それが恥ずかしくて、余計に身体が熱くなった。強すぎる刺激に、ピンと爪先まで伸びてガクガクと身体が震える。

「も……やめ、ああ」

「結？」

「い、くっ……あああっ」

不自由な体勢のまま、身体が痙攣した。

彼の胸に縋りぶるぶると衝撃に耐えていると、ずんっと一際強く最奥を突かれて、目の前に火花が散った。

そのまま立て続けに何度も奥を突かれて、息が詰まる。仰《の》け反《ぞ》った喉に噛みつかれ、歯を立てられた。

もう、何度いかされただろう。

彼との行為に怖いくらい感じてしまう。

身体の硬直が、緊張からなのか快感からなのかわからない。喉に噛みついた和真が、宥《なだ》めるようにそこに舌を這《は》わせてきて、ほっと身体の緊張が解《ほぐ》れる。

「は……あ、あ、あああ」

「結……結……っ」

ぐずぐずに溶けたそこを、めちゃくちゃに突かれて掻き回されながら、耳元で熱に浮かされた声を聞いていた。

私の名前が、こんなに甘くて切なく聞こえたのは初めてだ。

名を呼ばれただけで、奥がひくひくと疼《うず》いてもっと欲しいと彼を締め付ける。

自然と零れた涙がこめかみから耳へと流れ落ちた。

その跡を辿《たど》った唇が頬にキスする。

早く唇に欲しくて、顔をそちらに向けた。

熱い吐息が混じり合い、二人の唇が重なる。片手を彼の背中に回し、夢中でキスを受け止めた。その間も休まず奥を突かれ、今にも弾けそうな熱が身体に燻《くすぶ》る。

必死に舌を絡ませ、強い快感から気を逸《そ》らそうとするけれど、できなかった。

「……か、ずま、あ」

ひく、ひく、と小さな痙攣《けいれん》を繰り返しながら少しずつ背筋が仰《の》け反《ぞ》っていく。お腹の奥がきつく彼を締め付け、彼のそれもまた内側から強く私を圧迫する。

私の身体を抱きしめる彼の腕、握り合わせた手に強く力が込められた瞬間、激しく腰が痙攣《けいれん》した。

「ひっ、あああああっ！」

一際高い声で啼《な》いた私は、ほんの数秒、意識を飛ばした。

すぐに気がついたけれど、ふわふわと身体が浮いているようだった。けれど、いまだお腹の中にいる彼を感じる。

「……結？」

うっすら目を開けた私を、彼が心配そうな目で見おろしていた。髪を撫でる優しい手の感触と、顔中に降るキスの心地よさに、私は再び目を閉じそうになる。それを、和真のキスと甘い囁《ささや》きが邪魔をした。

「……結。可愛い」

しばらく止めてくれていたのだろう、和真の腰がゆっくりと動き出す。私の中に埋まる彼の熱はまだ硬く熱いままで、それが膣壁をじっくりと擦り上げる程に、背筋が甘く痺《しび》れた。繋がるその場所は何度も達して蜜で溢《あふ》れかえっていて、彼が動くたびにぐじゅぐじゅとひどい音がする。

「あ……も、やあんっ……」

身体はもう疲れ切って、腰も脚も痺《しび》れっぱなしだ。ひどく怠《だる》い。なのに膣壁は、和真自身をキュウと締め付けて離さない。

「嫌なんて言うな……な、もう少し」

無理、と顔を横に振る。だけど、彼は更に私の官能を煽《あお》ろうと、繋がりが解けてしまうギリギリまで腰を引くと――

「ふああんっ！」

最奥《さいおう》まで、ひと息に貫いた。彼も限界だったのか、その激しさのまま抽送《ちゅうそう》を繰り返し、片腕がぎゅっと私の上半身を抱きすくめる。もう片方の手は、私の手を手繰《たぐ》り寄せ指を絡めて握り込んだ。

もう啼きすぎて喉が痛くて、掠れた悲鳴しか出ない。私の中で彼が昂っていくのがわかる。耳元で和真の息遣いが徐々に熱く荒くなっていき、最後に縋《すが》るように私の名を呼んだ。

「結っ……」

どくん、と私の中で彼が大きく膨らみ脈打つ。ゴムを着けているのに、お腹の中にじわりと熱が伝わり腰が震えた。

「あ……んっ……」

ぶるり、と全身を震わせる。彼が、私の中で達した。それも何度も何度も、求めてくれた。疲労感以上に、身体の快感以上にそれは私の心を満たしたようだ。

込み上げてくる感情にほろりと一粒涙が零れて、和真の身体にしがみつく。私よりもずっと大きくて硬い身体に包まれて、とろとろと眠気に誘われる。気づいた和真が、私の肌に唇を落としながら囁《ささや》いた。

「……結、好きだ」

何度も何度も、そう言いながら私の身体を労《いた》わって撫でてくれる。さすがにもう、彼も起こすつもりはないらしい。

私がすっかり眠りに落ちるまで、優しい指と唇が私の汗ばむ肌を慰《なぐさ》めてくれていたことは、多分夢じゃないと思う。

浴室の脱衣所を兼ねている割には少し手狭な洗面所だが、男の一人暮らしにしては綺麗にしているほうだと思う。

目の前の鏡に映る、和真のシャツを着た私の胸元には、ぽつりと覗く赤い痕《あと》。

シャツの中はもっとすごい。

でも、まあそれはいい。ブラウスを着ていれば隠れるのだから。

問題は、首筋にあるコレだ。

ごく小さな傷跡だが、四か所程赤くなっている場所がある。

「……さすがに、歯形をつけられたのは初めてだわ」

鏡を見ながらぼそりと呟く。

その隣では、和真がシェーバーで顎《あご》の辺りにちょろっと生えたヒゲを処理している。

あまりヒゲは生えないほうらしい。

「痛い?」

「ちょっとヒリヒリするけど、大丈夫。目立つ?」

和真が腰を屈《かが》めて私の首筋を覗き込んだ。キスマークよりはずっと小さいし、よく見ないとわからないかもしれないけれど。

よくよく見れば、歯形だとバレそうな気がする。

「近くで見なきゃ大丈夫だろ」

「近くで見るって誰が」

「色々？」

色々っていう程、私に近づこうなんてもの好きはいないと思うのだが。

マーキングの出来栄えに満足した和真は、ヒゲを剃《そ》り終え、やけにすっきりした横顔で言った。

「よし。仕事に行くか」

清々《すがすが》しいイケメンは大変頼もしいが、同じくらい恨めしい。

こっちは、歯形をつけられるわ、身体はバッキバキで腰は重だるいわ、寝不足だわでぼろぼろだ。っていうか、寝不足に関してはこいつも同じはずなのに、どうしてこうも元気なのか。

「……毎回コレだったら、私、身体がもたないんだけど」

はっきり言って、サルか中高生かって話だ。

「いや……昨日は、なんか……」

「何？」

「……コーフンした」

「……っ、そりゃあ、見ててわかったわよ！」

一体どんな顔して「コーフン」なんて言ってるのかと思ったら、ちょっと照れた様子で耳を赤くしていた。

別に褒《ほ》めてない。まったく褒《ほ》めてない。毎度あそこまでされたら困るっていう話をしているのだ。

「いっつもあの調子じゃ、私死ぬからね」

「だから、いつもはあそこまでがっつかない……多分」

「多分じゃ困るっ！」

そんなことを言いながら、私は洗顔後のスキンケアを手早く済ませ、急いでパウダーファンデーションを叩く。

夕べ気を失うみたいに眠ってから、朝アラームが鳴るまで爆睡してしまった。おまけに、目覚めてしばらくはベッドから起き上がれなかったものだから、はっきり言って時間がない。

本当は、一度家に帰ってちゃんと着替えてから仕事に行きたかったのに。とりあえず、下着を買っておいたのは正解だった。

こっちが必死で時間短縮を試《こころ》みているというのに、するりと腰に回され邪魔する腕がある。

「もう、何？　時間ないんだけど」

「悪かったって。今日は車出すから」

ちゅ、と耳元、目元と順にキスをされる。腕をほどいて、脱衣所を出ていった背中を振り向いて、凝視してしまっていた。

……クールくず男、どこいった？

「キャラが全然違うんだけど」

再び鏡に向き直って、自分の顔を見て慌てて唇を引き締め、見なかったことにする。頬を赤く染め、緩《ゆる》み切った顔をしている自分が恥ずかしくなった。私は、取り繕《つくろ》うようにパタパタとパフで頬を叩く。

身体は辛いけれど、心はとても満たされていた。

二人にとって初めての夜を過ごし、照れ臭さはあっても自然体でいられることが、とても大切なことに思えた。


出勤すると、昨日と同じ服を着た私を見て和田先輩がにやりと笑った。だが、それをスルーして仕事に集中する。来栖との企画案は、順調に進みつつあった。

商品開発部との打ち合わせで正式に決まった三種類のフルーツタルト。その試作段階まできたことで、もうアシスタントである私が手伝うことはそれ程ない。これで、別の仕事に手が付けられる。

まだ夏だが、次に考えるのは来年のバレンタイン商品だ。バレンタイン商品はすでに定番の主力商品があるのだが、毎年何かしらの変化がある。

去年は、和真の塩チョコがラインナップに追加された。

「今年は負けないからね」

右隣に向かって宣言すると、彼は意味がわからないと首を傾《かし》げる。

「何？」

「バレンタインのこと！」

「ああ。くれんの？」

「は？　違うそうじゃなくて」

嬉しそうに一瞬口元を綻《ほころ》ばせた和真だったが、すぐに表情をきりりと引き締めパソコンに向き直る。

「仕事中だから、そういう話は後でな」

「ちょ、私は最初から仕事の話しかしてないんだけど！」

こんな調子なものだから、私と和真が付き合っていることはすぐに社内に知れ渡った。

別に隠すつもりはなかったけど、そんな風に噂になるのはちょっと不本意だ。

廊下ですれ違う女性社員たちに、ちらちら見られつつ、陰でこそこそされる。

しかし、そんな陰口や噂話には、一週間もすればすっかり慣れてしまった。大体噂なんて、こっちが何も反応しなければ、そのうち誰も何も言わなくなるものだ。

うそっ！　とか、似合わない！　とか言われても、私もまったく同意見なので、今更感がある。

そもそも、そう思っていたからこそ、向こうのアプローチにまったく気づかなかったんだし。

そんなこんなで、もうじきお盆休みを迎えるというある日。ミーティングルームの前を通りかかった私の耳に、女の責め立てるような声が聞こえてきた。

あ。これ……もしかして？　いつかと同じ状況では？

「やっぱりあの人と付き合ってたんじゃない！」

声の主は、中を覗かなくてもわかる。

和真の元カノ、戸川菜穂ちゃんだ。

しかも、これは何か勘違いをしていないだろうか？

私と彼女、付き合いが被ってた時期があったと思っているのかもしれない。確かに、彼女と別れてそれほど間を置かずに付き合ったから、そう思われても仕方ないのだが、まったくの事実無根だ。

「……別れた後からだけど」

「嘘！　だってあの時からなんかおかしかった。絶対あの頃から付き合ってたんでしょ!? 大体どうして私の後があんながさつそうな女なの!?」

面倒くさそうな和真の言葉に被さる勢いで、ぎゃんぎゃん責め立てる。

いや、ほんとがさつなので申し訳ないんだけれども。

戸川さんの言葉の後、少しの沈黙。

これは、私が割って入ったほうがいいのか、それとも和真に任せておいたほうがいいのか。考えあぐねていると、やたら長い溜息の後の一言。

「………うるさい。もういい加減にしろ」

久々に、来栖和真のブリザードが吹き荒れた。

ああああああ! 声が冷やっこい!

ハラハラしながら、ついドアの前で聞き耳を立てる。

和真は基本、言葉を探すのが上手《うま》くない。オブラートに包むこともしない。最低限の言葉か、ダンマリすることが多いから、クールな奴だと周囲に思われているのだ。

素の和真は面白い奴だし、みんなに知って欲しいと思うけれど、今この場面では火に油かもしれない。

中に入るわけにもいかず、かといってこのまま立ち去る気にもなれず、私はドアの前に張り付く。

「う……うるさい、って」

「関係ない人間に俺と結のことを説明する気はない」

「関係あるわよ！　だって」

「関係ない」

シン、と沈黙が落ちる。

戸川さんが何か言い返す前に、再び和真の声がした。

「大体お前、勝手に競って勝手に負けた気になってるから悔しいだけだろ。そんなのは自分で消化してくれ。俺や結に八つ当たりされても困る」

はっ、と息を呑んだ。

戸川さんに妙な噂を流された時も、周囲からのやっかみも気にしていないつもりだった。

今も、和真が戸川さんを泣かすんじゃないかとか、和真がまたビンタされるんじゃないかとか、そんなことばかりを心配していた。だけど、和真の言葉を聞いて、すっと胸のすく思いがした。

長く枯れていると、受け流すことにすっかり慣れてしまって、ダメージを受けることにも鈍感になるのだろうか。私は今まで、多少なりとも傷ついていたらしい。

「わ……私があの人に負けたって言いたいの!?」

「だから、お前が勝手にそう思ってるだけだろ」

戸川さんはこんな風に和真を責めて一体何がしたいのだろう？　逆に自分を貶《おとし》めるだけなのに。

このままここにいるのも気が引けて、立ち去ろうとした時――

「盗み聞きか？」

「うおっ」

びっくりしてオッサンみたいな声が出た。

私の後ろに同じように聞き耳を立てている獅子原さんがいたのだ。

予期せぬ再会の後、会社で遭遇することはほとんどなかったので油断していた。

「獅子原さ……課長」

「うおって、お前……」

獅子原さんはちょっと目を見開いた後、頬を引き攣《つ》らせて噴き出すのを堪《こら》えている。

話しかける声が小さめなのは、ミーティングルームの二人にこちらの声が聞こえないようにだろう。

彼に、ちょいっ、と通路の向こうを指差された。

向こうにはジュースの自動販売機とベンチが設置された簡易的な休憩スペースがある。

そこで話そうという意味だろう。

だが、和真と戸川さんのことが、気にかかる。それが顔に出ていたらしい。

「元カノとのイザコザなんて男に任しときゃいいんだよ。別れ話もろくにできないような男ならやめとけよ」

「え、あなたが言いますか？」

何、自分のことを棚上げしてるんだ、と思わず突っ込んでしまった。

あ、やべ、つい素が。

慌てて口をつぐんだけれど、時すでに遅し。

獅子原さんはこれまでで一番ってくらい大きく目を見開いていた。けれど彼は、特に気を悪くした様子もなく、なぜか複雑な笑みを浮かべて、再び休憩スペースを指差してそちらへ歩いていく。

少し考えたが、和真が過去の関係の決着をつけるのが当たり前のように、私も、獅子原さんときちんと話すべきなのかもしれないと思った。

メッセージも、ずっとブロックしたままだったし。

直属ではないとはいえ上司だし、仕事でまったく無関係の部署というわけでもないのだから。

意を決して、私は獅子原さんの後を追った。

自動販売機で、がこん、と音がした。屈《かが》んだ獅子原さんが小さめのペットボトルを手に取り、私のほうへ差し出してくる。

「ありがとうございます」

「何度も連絡入れたんだけど。お前、ちっとも既読つかねーし」

そうぼやきながら、彼は自分の分の缶コーヒーを買った。

砂糖入りのコーヒー。以前と好みは変わっていないらしい。

「あー……すみません、ちょっと色々バタバタしてて？」

適当なことを言ってはぐらかす。ってか、いきなり元カレから『会いたいね』なんて、メッセージがきたら、誰だって警戒すると思うんですけど。

「まあ、仕方ないか。ってか、ブロック外せよ」

「……はい。すみません」

「やっぱブロックか」

にやりと笑う獅子原さんと目が合って、バツが悪くてすぐに視線を泳がせた。

「……すみません。でも、あんなメッセージ送られたら困るんで」

「あー……あれね。実はさ、俺、ちょいちょい出張でこっちに来てたんだけど、その時に、あの子から言われたんだよな」

「あの子？」

「戸川さん。あの子、前に商品開発部の奴と付き合ってて、俺とも顔見知りなんだ。で、彼女に、広瀬さんがまだ俺に未練があるみたいで、ずっと一人のままでいるって」

「はあっ!?」

思わず声を上げてしまい、はっと口元を押さえる。

今は人気《ひとけ》がないとはいえ、目の前の通路をいつ誰が通るかわからない。ただでさえ和真とのことが噂になっているのに、これ以上ネタを提供するのはごめんだ。

っていうか、問題は獅子原さんだ。

「た、確かに、ずっと一人でしたけど、別に未練があるとかじゃないですから」

「へえ？」

「っていうか、それを真に受けたんですか？」

「いや、半々……かな」

獅子原さんが、缶コーヒーを一口飲む。私はまだ空けていなかったペットボトルの蓋《ふた》を捻《ひね》って口をつけると、獅子原さんの言葉を待った。

「……まあ。酷い別れ方をした自覚はあるから気になって」

「あ、自覚あるんですね」

「……お前、なんか変わったなぁ」

肩を竦《すく》めながら、居心地の悪さに目を逸《そ》らす。

そんなこと言われても……以前の自分が獅子原さんとどんな風に話していたか思い出

せない。ただ、あの頃は盲目的に獅子原さんのことだけを見ていた。他になんにも見えなくなって……今思えばかなり恥ずかしい。

「まあ、それでちょっと気になってた。……実際会ったら、やけに敵意むき出しの番犬が隣にいて、ついからかっちゃったけど、それで大体の状況がわかってな。……戸川が元カレを取り返そうとして、策を練ってんだなって。それを知らせといてやろうと思ったのに」

「……そうだったんですか」

ブロックして悪いことしたかな、とちょっと頭をよぎったが。あんなふざけたノリで接触してきたこの人が悪いと思い直した。

それよりも、なんというか、驚きよりもやっぱりという思いのほうが強い。

「戸川さんて、そうなんですね……」

「拗《こじ》らせてんな。恋愛感情なのか執着してんのか」

戸川さんは、ただ悔しいだけなんじゃないだろうか。

それとも、本当は和真を忘れられないくらい今でも好きなのだろうか。理不尽な言いがかりをつけているとわかっていても、それを止められない程に。

とにかく、感情的になって目的と手段を見失っていることだけはわかる。

でも私にとっても、和真はもう傍にいないなんて考えられない存在になってしまっているから、どうすることもできないのだけど。

結局は、和真と戸川さんの間で解決する問題なのだ。

「話って、それだけですか？」

腕時計を見る。もうじき定時だが、一応まだ就業時間中であって、あまり長く休憩を取るのはよくないだろう。獅子原さんも忙しいだろうし。

「せめて飲み終わるまでは付き合えよ」

「はあ……」

まだ何か話し足りないのか、彼はちまちまとコーヒーを飲む。

「……まあ、だから」

「なんですか？」

「酷い別れ方したから、その後の結のことが気になってたんだよ。悪かったと思ってる」

まさか、今更獅子原さんから謝罪の言葉を聞くとは思っておらず、私は大きく目を見開いて彼を見た。

「なんだよ」

「えっ、だって謝ってもらえるとは思ってなかったので。……てっきり私のことは遊びか、本気で好かれていたわけじゃなかったのかなって」

「お前のことは、それなりに本気のつもりだったよ」

「はあ、『私のこと』は……？」

「……いちいち揚げ足を取んなよ。大体、遊びだったら社内で選ばねぇよ」

はあ、それはつまり、遊びの相手は社外で見繕《つくろ》ってたという意味で？

と言えば、また揚げ足を取るなと言われそうだから、黙って話の続きを聞く。

私が知らなかっただけで色々と問題がありそうな人だが、当時、少しは私に恋愛感情を持ってくれていたと思ってもいいのだろうか。

「……あの時、ちょうど中部支社への異動の打診を受けたとこでさ。左遷ではなかったけど、俺にしたら似たようなものだった。ずっと本社でやっていきたかったからな」

「そう、だったんですか？」

「かなり凹《へこ》んでたし、これまでやってきた仕事を引き継がなきゃいけないのも悔しかった。……正直、女のことにまで気が回らなかったんだ」

確かに、私と別れた半年後くらいに、彼は異動になった。

だけど、まさかそんなに早い時期から打診があって、そのことで彼が悩んでいたなんて、私は欠片《かけら》も気づかなかった。

「……すみません。私、何も知らなくて」

「いや。俺もまだ打診だったから話せなかったし……断れる話でもなかったしな。最初から遠距離は無理だと思ってたし」

つまりは、そういうことだ。

まったくの遊びというわけではなかったようだけど、彼にとって私は仕事の次でしかなく、二人で話し合うとか、遠距離でも続けたいと思える程の存在ではなかった。

私もまた、自分のことばかりで、彼が悩んでいることに気づけなかった。中々会ってくれない彼に不安になって、でも嫌われたくないから物わかりのいいフリをして。けど、結局我慢できなくなって……たった一度零した不満で別れを切り出されたことに、ただただ驚いて悲しかった。

「……会えないのが不満ならもっと文句言えよと思うのに、お前笑ってるし。そのくせ、すぐ次の約束をしたがるのが、あの頃の俺には重くてさ」

「う……すみません」

「いや、こっちこそごめん。勝手にしんどくなって、お前が不満漏らした時に、もうこれで終わっちまえって計算した」

「うわっ、最低……」

「すみません」

缶コーヒーをぐいっと飲み干し、すぐ近くにあったゴミ箱に放り投げ、彼はすっと背筋を伸ばす。

そして九十度に腰を曲げて頭を下げた。

「本当に、すまなかった」

「やっ、ちょ、やめてくださいよ。こんなところ誰かに見られたらどうするんですか！」

「ブロック外してくれる？」

「外します。だから頭上げてくださいっ」

おろおろしながら、私は彼の頭のてっぺんと通路を見る。

「それに！　確かにあれから一人でいましたけど、ずっと引きずってたわけじゃないんで！　ただ単に、仕事が楽しかっただけです！」

そう言うと、彼はちょっとだけ頭を上げ、上目遣いでこっちを見た。そして、にっと笑って腰を伸ばす。

「あ、そう？　ならよかったけど」

「………」

まあ。もう何も言うまい。

「しかし、あれだな。今の結を見てると思うわ」

「何をですか？」

「やっぱ、お前、変わったっていうか……いい意味で力が抜けて、いいよ」

「……脱力系？」

「ばぁか。俺に対して、そういう軽口が叩けるようになったとこ。あと、男に依存しないでしっかり自立してんだなってのが、仕事見てて伝わるし」

ああ、獅子原さんの言いたいことが、なんとなく伝わった。

かつて私に依存されていた彼が言うのなら、擽《くすぐ》ったいけれど認められたようで嬉しい。

だけど、それは――

「……来栖くんに大事にされてるのが、わかるからだと思います」

あの後、恋愛をするのが怖かった。

またどっぷり彼しか見えなくなって、空回りして嫌われたらと思うと怖かった。けれど和真は、そんなことを思う暇もないくらい、気持ちを伝えようとしてくれる。

だから戸川さんの未練を知った後も、こうして落ち着いていられるんだと思う。

「女ってやっぱ、愛するより愛されるほうがいい女になるのかもしれないな」

ぽそ、と彼が呟いた。

しんみりと聞いていたけれど、ふと気がつく。

「……言いましたね。つまり愛してなかったたってことですよね？」

「だから揚げ足取るなって」

彼はそう言って、ひょいっと肩を竦《すく》めた。けど否定もしなかった。

「でも、今の結なら、なんかこう素っ気ないとこが、ぐっとくるというか……」

「それ、ただ私が靡《なび》かないからじゃないですか」

「あ、そうか」

本気で言ってるならこの人はアホなのだろうか。それとも、単に調子のいいことを言っているだけだろうか。

私はぐっとミルクティーを飲み干して、空になったペットボトルをゴミ箱に捨てる。

「じゃあ、仕事に戻ります」

「おお。……あ、ちょっと待って」

「はい？」

足を止めると、獅子原さんがおもむろに近づいてくる。彼も戻るつもりなのだろうか、だけど別に同じ部署でもないのに待つ必要性が見つからない。

だが、彼は私の目の前で立ち止まると、私に向かって手を伸ばしてきた。

「え。なんですか」

「前髪に糸くずがついてる。ちょっとじっとして」

いや自分で、と言おうとしたら、私の真後ろからにょきっと腕が生えてきて、獅子原さんの手首を掴んだ。

「触んないでくれますか」

敬語ではあるものの、横柄な声音。

いや、それ以上に、業務用冷凍庫が開いたような冷気が背後から流れ込んでくる。そう感じるのは、その声がぞくっとする程冷たいからだけれど。

しかも、掴んでいた手首をぺいっと投げた。さすがにその態度はまずい、一応上司だ。

「ちょっ、和真っ！」

慌てて振り向くと、「あ？」と、眉を顰《ひそ》められて私まで睨《にら》まれた。

「違うって、髪に糸くずがついてるからって、ちょっと！」

言い終わらないうちに、前髪をがしがしと乱暴に掻きまぜられ、慌ててその手を振り払う。

「ちょっと、ボサボサになるでしょ！」

「糸くずなんか、どこにもついてねぇよ」

「えっ」

「ぶっは！」

私と和真の会話に獅子原さんが噴き出した。振り向けば、口元に拳《こぶし》を当ててぶるぶる震えて笑いを堪《こら》えている。

「アンタ、俺が見てるのわかってて、わざとやっただろ」

和真はむすっと、形のいい唇をへの字に曲げて、獅子原さんを睨《にら》みつけている。

いよいよ上司を『アンタ』呼ばわりだ。

「挑発ってわかってて、どうして釣られたんだ？」

にやにやと笑いながら獅子原さんが問いかける。

からかわれているだけだろうとは思う。ただ少なからず、私はこうして話ができたことで、獅子原さんに対する印象がいい風に変わりかけていた。それなのに、意地の悪い口調にまた腹が立ってくる。

「そうだよなー。皿渡してもらう時に、手が当たっただけですげえ目してたもんなー」

「……自分の彼女に気安く触られたくないのは、誰でも一緒だと思いますけど」

「誰でもか？　そういう嫉妬《しっと》むき出しの男は、みっともねぇと思うけど」

その言葉に、ぷっつーんとキレたのは私のほうだった。

「和真はみっともなくなんかないから！」

キレた勢いで食ってかかろうとしたら、ぐいっと真後ろから抱きしめられた。

「和真っ！」

「みっともなくても結構です」

「ちょっ！　だからみっともなくないって！」

腕の中で振り向きながら否定する。

和真本人までが肯定するものだから、ついムキになって声が大きくなった。私が髪を触られそうになった時は、あんなに怒っていたくせに、なんで今はそんな平然としてるのか。

「私は、今のあんたのほうが……っ」

勢いに任せて危うく口を滑らせかけて、慌てて口をつぐんだ。

獅子原さんもいるところで、私は一体何を言おうとしているのだ。顔を赤くしていると、和真がちょっと驚いた顔をした後、嬉しそうに表情を綻《ほころ》ばせた。

「ちょっと、笑ってる場合じゃ」

「いいって」

「よくない」

「結以外に何を言われても、あんま気にならない」

へらへらっと、ますます締まりのない顔をする。

別にわざとではないのだが、なんだかんだ二人の世界に入っていると、獅子原さんの呆れたような声がした。

「だからさ、そのみっともない顔を日頃からもうちょいオープンにしとけば、うるさい連中も幻滅してくれるんじゃないかってことだよ。元カノとかさ」

「え……」

つまりそれは、もっと人前でいちゃつけということ？

言うだけ言って、獅子原さんは休憩スペースを出て行った。後に残されたのは、自分でも居たたまれなくなるくらい、バカップルの自覚が出てきた私たち。

「……なるほど」

「なるほどじゃないよ。真に受けないで」

まさか本気で実行するつもりか、と和真を見る。

「いや、つか、もう遅いかも」

「何が？」

「あー……さっきまで、戸川に捕まって話してて」

「あ。結局どうなったの？」

「聞いてたのか？」

「実は、途中まで。なんか、覚えのある場面に出くわしたから、つい……」

そう言うと、視線を逸《そ》らした和真は少しバツの悪そうな顔をした。

「……いや、もう、めんどくさくなって」

「うん？」

「……色々ぶっちゃけたら、帰ってった」

「ちょっと。端折《はしょ》り過ぎでしょ、その『色々』ってなんなのよ」

「言ったらお前怒るもん」

怒られるような何を、ぶっちゃけたというのだ。

肝心なところを話さず、オフィスに戻ろうとする和真の腕を掴んで引き留める。

が、逆に今度は私が和真に責められた。

「つうか、お前は獅子原さんと何喋《しゃべ》ってたんだよ、二人きりで」

「え？」

尋ねられて話した内容を思い出す。

結局、あの人は何を言いたかったのだ？

「……多分」

「多分？」

「別れ話のアフターケア……かな」

ふざけてはいたけれど、気にしてくれていたのだ、きっと。

「アフターケアってなんだよ」

そう言った和真の表情はあからさまに不機嫌だ。

ヤキモチを焼くようなことは、何もなかったのだが……と、考えて、ふと違和感に気づく。

「和真、私と獅子原さんが昔付き合ってたの、知ってたの？」

別れ話に、ではなくアフターケアに反応したところを見ると、知っていたとしか思えない。すると、彼が一瞬、『しまった』といった表情を浮かべる。

「え、なんで知ってるの？」

「あー……風の噂、みたいな?」

「嘘っ! 誰にも知られてなかったはずなのに!」

もしも自分が気づいてないだけで周囲にバレていたのだとしたら、かなり恥ずかしい。

まあ、もう過ぎたことだし忘れよう。

だけど、そのことによって新たな発見もあったりする。

「そうかー、だからか」

「なんだよ」

「和真が、あんなに獅子原さんに敵意むき出しだったのか、ってこと」

私がそう言うと、和真はむすっと眉根を寄せた。

「だってお前、すげー赤い顔してたし」

「そうだっけ……」

「むかついた」

仏頂面《ぶっちょうづら》をした和真の手が、私の腰に絡み付こうとする。それを手で払いつつ、私はふと思いついたことを口にした。

「ってことは、獅子原さんってキューピッドなんじゃないの?」

すると、和真は心底嫌そうな顔をする。

「は?」

「だって。あの時の和真、すごく大人げなかったけど、あれがなかったら、きっとまだグズグズしてた気がするし」

「……確かにあれがなかったら、俺ももうちょい計画練ってたな。絶対」

ふぅん、と赤くなった和真の顔を見上げる。払い続けた手に結局捕まり、大人しく腰を抱き寄せられたのは、あんまり拒否すると今以上に拗《す》ねそうだからだ。

腰に絡んだ和真の腕に手を添えると、手首に腕時計の感触。見えるように持ち上げ時間を確認すると、就業時間が過ぎていた。

「サボりすぎ。どうすんの？」

「急ぎの仕事は？」

「ないけど」

「だったらいいだろ、たまには。休憩返上で打ち合わせしてる時もあるんだし」

「……そっか。じゃあ帰ろ」

「飯食って、うちな」

「……うん」

ぎゅ、と腕に力がこもる。

それから少し時間をずらしてオフィスに戻ったが、部署にはもう誰もいなかった。

和真と戸川さんがどう決着をつけたのか、まったく気にならないといえば嘘になる。

同じように和真も、私に聞き足りないこともあっただろう。

だけどそれを、追及し合うよりも、二人の時間を大事にするほうがいいような気がした。

まあ、つまり。

その夜は、燃えた。

8　男と女の化学反応

結が好きだと言ってくれた日の夜、初めて抱いた彼女の身体は、信じられない程柔らかくて気持ちがよかった。

胸は大きいほうだ。服を着ている時は細いと思っていたけれど、全体的に肉付きがいい。

朝方、素肌の彼女を抱きしめながら指先でゆっくりと肌を辿《たど》る。

「んっ……」

「……結？」

少し反応があったので名前を呼んでみたが、静かな寝息が返ってくるだけだった。

無理をさせたし、起こすのは可哀想だからそのまま寝かせておくことにして、彼女の肌の感触を確かめるように、指先に少しだけ力を込めた。

ふに、ふに、とした柔らかさ。

脇腹辺りの肉は薄い。けれど、ウエストに近づくにつれ肉の弾力が指先に返ってくる。気持ちいい。

ぷにっとした感触が可愛い。

むに、むに、と腰回りから下腹へ手を移動させる。そうそう、この辺りも肉付きがよかった。昨夜、彼女を抱いていて思ったのは、骨が当たらなくていいということ。

突いた時に安定感があるし、腰の掴み甲斐があるというか。

むち、と手の中に残る感触が、妙にそそられる。女の体格なんて、見た目が常識の範囲なら特に気にしたことはなかった。

どちらかというと、細いほうが扱いやすくていいかな程度だ。そう、だから菜穂が自分の同僚をディスりながら好みの体格を聞いてきた時は、心底どうでもいいと思っていた。

けれどこの、どこもかしこも柔らかい感触はたまらなくいい。むっちりとした太腿の裏を持ち上げ、二つ折りにした時の、恥ずかしそうに眉を寄せた顔だとか、自分の脚に押しつぶされた胸の形だとか。

「…………」

思い出したら、また勃ちそうになった。

俺は骨盤辺りの感触を楽しんでいた手のひらを、彼女のお腹に回す。へその下辺りの可愛いむにむにで、なんとか劣情を紛《まぎ》らわそうとした時。

「いてっ！」

突然裏拳《うらけん》が飛んできた。

勢いのある、かなりマジのやつだった。

「どんな寝相だよ」

顔を覗き込もうとすると、彼女が少しだけ顔を振り向かせ、髪の間からじろりと睨《にら》まれた。

まだヤル気か、という意味か。それとも、人の肉で遊ぶな、という意味か。もしくはその両方か……怒っていることには間違いない。

「……眠い」

「すみません」

下腹からそっと手を離すと、彼女は再び向こうを向いてこてんと頭を枕に落とした。

すぐに寝息が聞こえてきたから、半分寝ぼけていたのだろう。

離したまま少し浮かせていた手を、様子を見ながら再び彼女の肌に落とした。腹は怒られたので、今度は胸を覆《おお》うだけにしておいた。

ああ。気持ちいい。

寝ているところを邪魔すると、結の怒り具合は半端ない。今度は起こさないよう、動かしたくなる指先に大人しくしろと指令を飛ばしながら、携帯のアラームが鳴るまでうつらうつらと過ごした。

結との関係も仕事も怖いくらいに順調で、もうじき例の季節限定フルーツタルトの試作品が上がってくる。

それを最初に、結と二人で味見するのが今の楽しみだ。

パッケージは、既存の容器のシールを張り替えればそのまま使えそうで、九月中旬頃からコンビニの店頭に並ぶ予定だ。後は——

「今年は負けないからね」

左隣から、可愛らしい挑戦状が飛んでくる。

なんの話かわかっているけど、すっとぼけた。

「何？」

「バレンタインのこと！」

もちろん、仕事に関して譲る気はない。

ついでに、わざと周囲が俺たちの関係を勘繰《かんぐ》るような会話に持ち込む。きっと結は、自分から俺との付き合いを吹聴《ふいちょう》したりはしないだろうから。

「ああ。くれんの？」

「は？　違うそうじゃなくて」

「仕事中だから、そういう話は後でな」

「ちょ、私は最初から仕事の話しかしてないんだけど！」

むきになって反論するから、余計に周囲から生温《ぬる》い視線が飛んでくる。そのことに、結はちっとも気づいていない。

俺としてはもっともっと、周囲に知らしめたいところだ。

身体の関係を持てば、男は独占欲の塊《かたまり》になるだとか、反対に冷たくなるだとか色んな説がある。以前の俺は、たかだかそんなことで変わるはずないだろう、と思っていた。けれど、今なら少しわかる。

身も心も、彼女の全部を自分のものだと思って安心したい。

抱いたところで、ずっと自分のものでいてくれるかどうかは彼女の意思一つだ。それがわかっているからこそ、自分のものなのだと周囲に知らしめたくなる。

女に対して、ここまで独占欲を溢《あふ》れさせたのは、多分初めて。もしくは久しぶりか。はっきりと断言できないのは、俺にも初々《ういうい》しい中学生みたいな恋をしていた頃があったからだ。

今思い出せば目を覆《おお》いたくなるような、気恥ずかしさを伴う記憶は誰にだってあるだろう。

大人になるにつれて、徐々に慣れが出てきて、熱くなることもなくなっていった。いつから、そんなくだらない付き合い方しかできなくなったのだろう。

もちろん、過去の初々《ういうい》しい自分と、結と接している今の自分とが同じかと言えば、そうではない。今のほうが先のビジョンも具体的に思い浮かぶし、責任だとか現実的な問題についてもきちんと考えている。

けれど、必死さの度合いでいえば、昔以上のような気がした。

「和田さん。例の合コンの話ですが」

とにもかくにも、今の関係があるのは結の背中を押してくれたこの人のおかげだ。自動販売機が並ぶ休憩スペースで和田さんを見つけ、自分のコーヒーを買って話しかけた。

彼女の手には、すでに飲み物のカップがある。

「は？　合コン？」

「大学のＯＢには、すぐ連絡が取れますけど、いつにしますか」

結を俺の元に向かわせるのと引き換えに、以前から冗談半分に頼まれていた大学時代の友人との合コンを約束したのだが。

どうやら、本人はすっかり忘れていたらしい。

「ああ！　あれ。いいわよ、あれは冗談」

和田さんがけらけら笑いながら手を振った。

「は?」

「あの時は、そういう理由があったほうが、あの子があんたの家に行きやすいと思ったからさ」

不覚にも、じーんとしてしまった。

結は和田さんを随分信頼しているようだったが、その理由がなんとなくわかった気がする。

「私のことはいいのよ。あんたは結のことで手一杯でしょ。そのままいっぱいいっぱいになってりゃいいのよ」

そう言われ、ひらひらと手を振りオフィスに戻って行く和田さんを見送った。俺は、コーヒーの残りをぐいっとひと息に飲み干す。

言われなくても、どこもかしこも結のことでいっぱいだ。

だから、すっかり存在を忘れて油断していた。

オフィスに戻ろうとした俺の目の前に、戸川菜穂が立ち塞《ふさ》がった。

どうしてこいつはこう、ミーティングルームやら使ってない会議室やらを、平気でプライベートなことで使おうとするんだ。

付き合っていた時からそうだった。何か文句がある時とか、仕事が終わるまで待てないらしい。思ったことをすぐさまぶつけなきゃ気が済まないようだ。

「やっぱりあの人と付き合ってたんじゃない！」

今どうしても話したい、と言って聞かない。そうしないと今すぐ廊下で泣き出しそうな戸川に、俺はミーティングルームに連れ込まれた。

「……別れた後からだけど」

めんどくさい。

なんで今更、元カノにこんな言い訳をしなけりゃいけないのか。

「嘘！　だってあの時からなんかおかしかった。絶対あの頃から付き合ってたんでしょ⁉　大体どうして私の後があんながさつそうな女なの⁉」

相変わらず、菜穂は人を貶《けな》すことでしか自分を守れない。そのことにイライラするし、哀れにも思えた。

別れ話の時は俺なりに気を使った。おざなりな別れ話は、相手に対して礼を欠いているのだと結に言われて、気づかされたからだ。

けど、別れた後までああだこうだと絡まれなければいけないものなのか。

結を貶《けな》されてまで？

そこで、プツッ、と俺の中の何かがキレた。

「…………うるさい。もういい加減にしろ」

ぴき、と菜穂の表情が固まった。それから、頬を引き攣《つ》らせ、震えた声を出す。

「う……うるさい、って」

「関係ない人間に俺と結のことを説明する気はない」

「関係あるわよ！　だって」

「関係ない」

ここではっきりと、俺たちは無関係だと示してしまいたかった。

「大体お前、勝手に競って勝手に負けた気になってるから悔しいだけだろ。そんなのは自分で消化してくれ。俺や結に八つ当たりされても困る」

どうして菜穂がこんなにいつまでも俺とのことを引きずっているのか、わかっている。結を下に見ているからだ。自分より下の、馬鹿にしていた結に負けたと思ってる。

それが俺にはずっと我慢ならなかった。

「わ……私があの人に負けたって言いたいの!?」

「だから、お前が勝手にそう思ってるだけだろ」

そもそも、結は菜穂と競おうなんて考えてもいないのに。当然、自分が勝ったとも思ってない。

完全に菜穂の一人相撲《ずもう》だ。それをわざわざ突きつけるつもりはなかったが、菜穂がいつまでも結を馬鹿にするつもりなら、もういい。

俺をつまらない男だと吹聴《ふいちょう》してまわったり、自分が振ったのだと主張するだけなら構わない。俺のことを悪く言って、それで菜穂がすっきりするならそれでもいいと思っていた。だけど、菜穂はやはり結の存在が我慢ならないらしい。だから、いつまでもこだわっている。ならこれ以上、菜穂の言動を見過ごすわけにはいかなかった。何より……このままではいつまでも拗《こじ》れたままだ。

「お前の言葉の端々から伝わってくるんだよ。結を下に見てるのが。自分のものさしで勝手に競って勝手に自分を上に置いている。だからその立場が逆転して、人から自分が下に見られるのが悔しくて仕方ないんだ」

俺の言葉に菜穂が大きく目を見開いて、顔色を失くしていく。傷つけているとわかっていたが、やめなかった。

「けどな、結は人をものさしで測ったりしない。比べたりもしない。大して関わったことのないお前にだって、すぐに感情移入して肩を持つくらい、単純明快なお人よしなんだよ」

俺が、結の何に惹かれたか、それを挙げ連ねていく。菜穂の執着が、未練からくるのなら綺麗に断ち切る必要があった。本当なら、もっと上手《うま》く説得する方法もあるのかもしれない。だが、俺にはこうすることしか思い浮かばなかった。

「お前はがさつだって馬鹿にするけど、必要以上に自分を飾らないだけだ。化粧崩れを気にして四六時中鏡を見ていたりしない。汗だくになってバドミントンに興じて、化粧をドロドロにしてたけど、楽しそうに笑うところは誰より可愛いと思ったよ」

言葉にしながら思い出せば、本当に可愛かったとしみじみ思う。夢中になって遊んでおいて、後になってから気にする様子も。

無意識に口元が緩《ゆる》んでいたのか、菜穂が俺を見て不愉快そうに眉を寄せる。きっと、理解できなかったのだろう。いい年をした大人が、身だしなみも気にせずバドミントンに熱中したことが。

「……は？　バドミントン？」

相変わらず顔色は悪いが、そこに少し呆れの色が滲《にじ》んだ。まあ、確かに猛暑に近い気候の中、しかもワンピース姿ですることじゃなかったのは、俺も同意見だが。

そんなところが、結なのだ。

「身綺麗にするのが悪いとは言わないけどな、一緒にいる時は、その時間を楽しむってことをわかってるのがいい。そんなところも好きなんだ」

はっきりと、結が好きだと口にしていた。比較するつもりはなかったが、いつも鏡を気にしてばかりだった菜穂には、俺が何を言わんとしているのかわかってしまったんだろう。蒼白だった菜穂の顔色が、今度は真っ赤に染まる。それから、ぐっと唇を噛みしめた。

菜穂は外で食事をしている時も窓に映る自分の姿をちらちら見たり、隙を見てコンパクトを覗いたり、グラスを持つ手のネイルをいつも気にしていた。

それが悪いとは言わないし、言うつもりもなかったが、先に結と比べて悪態をついたのは菜穂のほうだ。

「メイクや服に気を使ってなくても、結は可愛い。お節介だったり負けず嫌いだったりめんどくさいところはあるけど、それも全部可愛いと思える。むしろ、ちょっとめんどくさいことを言われたほうが、構う理由ができて俺が嬉しい。一緒にいて、言い合いしたりじゃれ合ったり、そういうことが、結となら自然にできる。多少強引でも口説《くど》き落としてよかったと、心底思ってる」

「…………」

無言のままの菜穂に、さすがに少しの罪悪感が生まれる。しばらくして彼女は、感情の見えない表情でぽつりと言った。

「……和真さんから、口説《くど》いたんだ」

「そうだ。けどお前はわかってたんじゃないのか？　俺が結に興味を持ってたのも、結にはまったくその気がなかったのも」

「……フリかと思ってた。自分に自信の無い女って、仕事にかこつけて男に近寄る理由を作ったりするでしょ」

「お前なぁ……」

まだ言うか。どこまでも頑《かたく》なな態度に、これ以上言っても無駄だろうかと思ったその時、突然、菜穂がきっと目を吊り上げた。

「……見た目を取り繕《つくろ》って、何が悪いのよ」

ふん、と開き直った顔で、菜穂が胸を反《そ》らしてふんぞり返る。正直、驚いた。これまで俺の前では、ヒステリックに泣くか怒るか以外の時は、常に自分がいかに可愛らしく感じよく見えるかを意識していた。だが、今のこの表情は、そのどれとも違う。

「メイクやネイルを気にするのだって、好きな人によく見られたいと思うからでしょ？　好きな男に可愛いと思って欲しいのは当然じゃない！　必要以上に飾らない？　そんなの見た目の努力を怠《おこた》ってる女の、ただのいいわけよ」

「おい、結は何も言ってない」

そう言い返したが、菜穂の言葉は止まらなかった。

「男の人って勝手だよね。顔とか身体とか、女を見た目でがんがん判断してくるくせに。いざ本気になったら、見た目はどうでもいいとか綺麗事言うんだもん」

はっ、と肩を竦《すく》めて呆れたように笑った菜穂に、ぐっと言葉に詰まる。確かに、結に出会うまでの俺は、見た目がそこそこタイプならそれでいいと思っていた。

「単純明快なお人よし？　私の性格が悪くて、広瀬さんはいいって言いたいの？　広瀬さんだって、嫉妬《しっと》したら相手の悪口言ったりするかもしれないでしょ。……私だって、ずっとにこにこしていたかったよ！　私だって、不安になったりしなかったら攻撃したりしなかった」

純然たる本音だろう。そして、間違ってない。目の前の元カノは、最初に話した時は感じのいい女だった。彼女を変えたのが俺の付き合い方のせいなのだとしたら、その怒りは結に向けるのではなく俺に向けられ、俺が受けるべきものだ。

息を吐いて、静かに菜穂を見返す。

「そうだな。……戸川を不安にさせたのは、確かだ。不誠実だったと思う」

俺が謝るとは思ってもみなかったのだろうか。菜穂が大きく目を見開いた。

「言われるまま、気持ちもないのに付き合った俺が悪い。女と付き合うのは、そういうもんだと思ってた」

最後くらい、誠実に。そう思うのに、言えば言う程、相手を傷つける言葉しか出てこない。

それはまるで、俺のいい加減な過去の証《あかし》のようだった。けれど、たとえののしられようと、菜穂に今の自分の気持ちを全て伝えることでしか、俺と彼女は終われないのだとやっとわかった。

「そのせいで戸川を傷つけて、結果他人を傷つけるような言葉を吐かせていたんだとしたら、本当に悪かった」

恋に狂ったら、誰だってなりふり構わず人を傷つける可能性はあるのかもしれない。

俺も、結も。

結に関わったことで、少なくとも俺は変わった。

今の自分は嫌いじゃない。良くも悪くも、男が女で変わるように、女も男で変わるというなら。

結には誠実に接したいと思う。彼女が今のままでいられるように……

今のまま、可愛くて面倒くさい女でいられるような、そんな男でいたいと思う。

まっすぐ、菜穂に向かってそう伝える。

彼女は驚いた表情のまま固まっていたが、徐々に泣き出しそうに唇を噛みしめ俯《うつむ》いた。

そんな彼女を置いて部屋を出て行くことはできなかった。ただ、時計の針が過ぎるのを聞いている。しばらくして、そこに、はあっ、と溜息の音が混じった。

「驚きました。ほんとに和真さん？」

「は？」

菜穂を見ると、彼女はどこか呆れたような顔で、俺を見て苦笑いしていた。

「クールなところがかっこいいと思ってたのに、どうしちゃったの？　なんか……暑苦」

「うるさい。ほっとけ」

暑苦しいと言われるところを被せ気味に言い返す。しかし菜穂も負けてなかった。

「うるさいって、こっちのセリフですよ。もう、信じられない。普通元カノに今カノの好きなとことか惚気《のろけ》ます？　恥ずかしー」

小馬鹿にした物言いに、ひくひくっと俺の頬が引き攣《つ》る。俺の前で取り繕《つくろ》うことをしなくなった菜穂は、かなり辛辣《しんらつ》だった。

だが、菜穂がわざとそんな言い方をしているのは、なんとなく伝わった。

「あー、そうか。悪かったな、でもこれが俺だよ」

「よくわかりました。だから、もういいです。そんな暑苦しい人、私の好みじゃないし。どーぞ広瀬さんと仲良くしてください」

ひょいっと肩を竦《すく》めた菜穂は、つんと澄まして近づいてくる。そのまま俺の横をすり抜けようとして、立ち止まった。

「……彼女のこと、悪く言ってすみませんでした」

目を合わせないまま、小さく頭を下げる。驚いてその横顔を見たが、彼女はこちらを見ないで俺の横を通り過ぎ、まっすぐ前を向いて部屋を出て行った。

＊　＊　＊

飯食って、うちに着いて、靴を脱ぐのももどかしく後ろから結を抱きしめた。無理やり正面を向かせようとしたら、結のほうから首にしがみついてキスをしてくる。

廊下に上がってすぐの壁に、彼女の身体を押し付けて激しく舌を絡めた。

——なんであんなところで二人きりで。

やましいことがないのはわかり切ってるし、結を疑ってるわけでもない。

単なる嫉妬《しっと》だ。

獅子原裕二。もうじき三十路《みそじ》、課長に昇進して戻ってきたばかり。大人の余裕なのか、何かとからかわれているのはわかっている。

俺が見ているとわかってて、わざと結に触ろうとした。それがわかっていても、別の男に指一本でも触られるのは我慢ならない。

昔の男なんて気にしても仕方ないのに、ままならないのが感情というものだ。嫉妬《しっと》に熱くなった身体を彼女にすり寄せる。

はあ、と彼女の吐息も同じくらいに熱かった。

「……なんで二人で呑気に休憩なんかしてたんだよ」

「そっちこそ、密室に二人きりだったじゃない。何やってんの」

「俺は別れ話にきっちり決着つけてきたんだよ」

「私もそうだよ。アフターケアだって言ったでしょ」

「そっちはもう今更だろ、必要ないだろ」

「……ヤキモチ焼いてる」

そう言った結の表情が、ちょっと嬉しそうに綻《ほころ》ぶ。

上目遣いで俺を見上げる目に、ギリギリで保っている理性が全部吹っ飛んでしまいそうになる。

「……妬いてるよ。妬きまくってるわ。悪いか」

余裕がなくなるくらい嫉妬《しっと》したり、独占欲を爆発させたり、本当にみっともない。けど、結のことでこんな風になる自分が、割と嫌いじゃなかった。

「……私も妬いた。あんなとこで二人っきりになんないで」

そう言って、再び口づけてくる結に、バチッと頭の中がショートして、無我夢中で口内を貪《むさぼ》る。

歯列をなぞり、上顎《うわあご》を舐《な》め唾液を啜《すす》る。熱くなった下半身を結の腰に押し付けると、彼女の手がぎゅうっと俺のシャツを握り締めた。

「ふ、う……ん」

鼻にかかった甘ったるい声に、この先を早くと強請《ねだ》られている。どっ、と心臓が早鐘を打つ。こんな廊下じゃろくに愛してやれないと、かろうじて残った理性で彼女を寝室に連れ込んだ。

ベッドに座って、結のブラウスのボタンを外す。待ちきれない様子で俺のネクタイを外そうと彼女の白い手が伸びてきた。

くちゅ、りゅる。濡れた舌が絡まり合う音が淫《みだ》らに響く。彼女のボタンを全て外し終え、前を開くと薄桃色のブラが現れた。

ブラと膨らみの境目を撫でるように、指を這《は》わせる。彼女がふるりと身を震わせて、キスから逃げた。

「や……和真」

「何？　早くして」

彼女の手は、さっきから少しも進んでいない。俺のネクタイは僅《わず》かに緩《ゆる》んだだけだった。

首元が息苦しい。早く裸になって、素肌を合わせたい。結の唇に噛みつくようなキスをしながら、催促する。ブラから溢《あふ》れる柔らかな膨らみを指先で擽《くすぐ》ると、彼女の唇から苦し気な吐息と、抗議の声が上がった。

「あっん……だって、力が」

「ん？」

「入らないのっ……和真のせいでっ」

ごそごそと俺のネクタイを弄《いじ》る指に、力が入らないらしい。見れば、彼女のほうも焦《じ》れて目が熱く潤《うる》んでいる。

「和真が、やらしいキスするから」

涙目でそう言われて、頭の中で最後の何かが切れた音がした。

「あっ」

自分でネクタイの結び目を握り、力任せにシャツの襟から抜き取った。キスをしながら彼女の身体をベッドに押し倒す。

「ああ、クソ」

「んっ……ふぁ」

「可愛い」

舌を擦り合わせながら、性急に自分のシャツを脱ぎ捨てベッドの下に放り投げる。すっかり力の抜けた結の身体を、横に向けさせてブラウスを剥《は》ぎ取った。ブラのホックを外すと、ふるんと豊かな胸が零れ出る。素肌の肩から首筋、あちこちにキスを落としていく。唇が触れる度に、結の身体が小さく反応した。

それがたまらなく可愛い。いつもは負けん気の強い彼女が、俺の腕の中でこんなにも可愛らしい反応を見せる。

彼女から零れる、もっと甘い声が早く聞きたくなった。ウエストから下肢へと手を伸ばしボトムとショーツを同時にずらして脚から抜き取る。

上半身を起こし、横たわる彼女の裸体を見おろした。

「や……そんな、見ないでっ……」

顔どころじゃなく、彼女の全身がみるみる赤く染まる。

ああ。もっと明るい場所で染まっていくところを見たかった。

次は、日の光のある昼間か、常夜灯じゃなくしっかり照明をつけた状態で見よう。そう勝手に心に決めて、指先で彼女の肌を辿《たど》っていく。

「あ……ふっ……」

まだ理性が勝っている。そんな風に悩まし気な表情で声を抑える様子は、男を煽《あお》るだけだとわかっているのだろうか。

胸の膨らみをゆっくりと辿《たど》った手のひらで、腰まで撫でる。そのまま脚の付け根を掠めて太腿から膝まで撫で下ろし、膝裏を持ち上げて立たせた。両脚の太腿の裏側を両手で掴んで、ゆっくりと左右に開かせると結がぎゅっと目を瞑《つむ》り、顔を逸《そ》らせた。膝が震えている。桃色の襞《ひだ》がとろりと蜜に濡れて光り、ひくひくと薄く開いていた。

まだ、触れてもいないのに。

今すぐ繋がりたいと求められている気がした。込み上げてくる衝動をぐっと噛み殺し、膝頭《ひざがしら》に軽く口づける。

視線を上げれば、今にも泣き出しそうにくしゃくしゃに歪《ゆが》んだ結の顔がある。見つめるばかりの俺に焦《じ》れたのか、薄く瞼《まぶた》を開けた。

いつもの結なら、こんな意地悪をすればそろそろ怒り出すか拗《す》ね始めるところだ。けれど今日は、ひたすら濡れた瞳で訴えかけてくる。

——早く。

さんざんキスして舐《な》め回し、真っ赤に熟《う》れた唇が、そう動いた気がした。たまらず白い内腿に頬をすり寄せ、唇を押し当てる。

柔らかな内腿の感触は心地よく、すぐに夢中にさせられた。白い肌に何度もキスをして歯を立てる。きつく吸い上げて赤い痕《あと》を散らすと、結の息が一層乱れて高まる体温に肌が匂い立つ。

「も、やぁ、早くっ……」

掲《かか》げた両脚の震えが手のひらから伝わってくる。乱れる結の姿にとうとう堪《こら》えきれなくなって、蜜の滴《したた》る淫唇にむしゃぶりついた。

たちまち細く高い、悲鳴が上がる。彼女の中に舌を捻《ね》じ込み、熟した粘膜を舌で舐《ねぶ》る。キスをしながら両手の親指で淫唇を開き、隅々まで舌を這《は》わせた。割れ目の上部を指で押し開き、赤く敏感な花芽に吸いつけば、彼女の身体が大きく仰《の》け反《ぞ》り、激しく痙攣《けいれん》する。

「ひあ！　あ！　ああああっ！」

達したのだとすぐにわかった。それでも花芽に吸いつき舌を押し付けて嬲《なぶ》り続けると、苦しそうに身を捩《よじ》らせシーツを脚で蹴って逃げようとする。

それを咎《とが》めるように一際強く吸い上げると、とぷんと淫靡《いんび》な水音がして、蜜がシーツの上に滴《したた》り落ちた。

「結……」

興奮し過ぎて、頭が熱い。すっかり乱れた結の身体を、腰を掴んで引き寄せる。どうにか残っていた理性のひと欠片《かけら》が、ベッドサイドの引き出しのことを思い出させる。手を伸ばして引き出しから避妊具を取った。性急に包装を破き、痛い程張り詰めた自身に被せて入口に宛てがう。

「……すげ、熱い」

僅《わず》かに入口へ埋《うず》めただけで、熱い粘膜が吸い付くように蠢《うごめ》いた。更に中へ進めると、ぎゅうと強く締め付けてくる。

「やべ、飛びそう……」

すぐにでも、奥まで突いて喘《あえ》がせたい。だが、今日の結の中はいつも以上に蠢《うごめ》いて、すぐにこちらが果ててしまいそうな程気持ちいい。

「……結。ちょっと力抜け……結？」

見おろした彼女は、熱に蕩《とろ》けた目をして、口を開いたまま頭を横に振る。

「はっ、あぁ、うぅ」

涙と汗で濡れた頬を手のひらで包むと、それだけで目を細めて身体を震わせる。それがあんまり心地よさそうで、優しく撫でてやりながらぐうっと強く、奥まで腰を押し付けた。

「んあああああっ」

俺の手に頬をすり寄せながら、結の背がしなる。入れただけで達してしまったのか、結の目の焦点が合わなくなった。

「……っくそ」

ずん、と最奥《さいおう》を叩く。身体が溶けて一つになりそうな程に熱い。

「可愛い、結っ……」

ゆっくりと腰を前後させ、隘路《あいろ》を馴らすと、我慢の限界を超えた。ぱん、と肌を打つ音がするくらい、何度も何度も奥を穿《うが》つ。

掠れてしまった喘《あえ》ぎ声さえ、可愛らしい。

「よそ見すんなよ、結……」

あんな男に、たとえ髪の毛一本だろうとも触らせせんな。

溢《あふ》れる欲望と独占欲を激しく結の最奥《さいおう》に叩きつける。

その夜は何度果てても、熱が冷めることはなかった。

エピローグ　黙ってキスして

「えええっ！　結婚ー!?」

赤ちょうちんの揺れるオッサン居酒屋は今夜も騒がしい。そのカウンター席で一際大きな声を上げてしまい、私は慌てて口を押さえた。

私たち三人の座り順は、以前は小野田が真ん中だったのだが、いつからか私が真ん中だったり和真が真ん中だったり色々だ。今日は和真が真ん中だったので、小野田への声は自然と大きくなった。

いや、もちろん驚いたからというのもあるけれど。

「おお、半年後に式を挙げることになった」

そう言った小野田の顔は、今までで一番というくらいにデレデレに緩《ゆる》んでいる。

「そっかあー。おめでとう!!」

「特別早い、ってわけでもないけど、同期の中じゃ早いよな。なんかきっかけでもあったのか」

和真が小野田に尋ねながら、ビールを飲む。

確かに、二十七歳という年齢は早過ぎるわけではないが、同期のほとんどがまだ独身だ。特に男性はそうだろう。

「きっかけ……そうだなあ」

「あ！　もしかしてさずかり婚とかじゃないでしょうね？」

「違うって！　それは違うけど……まあ、年齢的にも、そういうことも考えていかなきゃいけないいし」

そういうこと、とはつまり。

子供が欲しい、ってこと……

急に、小野田が随分先を歩いているような、そんな気がした。私だって、いつか結婚したら子供が欲しいって漠然とは思うけど……それにしたって、ちょっと早いのではないだろうか？

いや、もちろん、おめでたいことだし、水を差すつもりはないのだが。

かける言葉を探していると、同じように何か考えていた和真が先に口を開いた。

「……なあ。もしかして、苑子ちゃんって、年上？」

「あ、そうそう。言ってなかったっけ？　三つ年上なんだよ」

「えっ!?　そうなの!?」

ここにきて初めて知った事実。苑子ちゃんの話は今まで小野田に散々聞かされているから、旧知の仲のような感覚になっていたけれど、実は一度も会ったことも話したこともないのだ。

「結婚式きてくれよー」

「行くよ！　絶対行く！」

「で、広瀬スピーチ頼むな」

「は⁉」

結婚式のスピーチなんて、したことがない。

「二次会の幹事は来栖な」

「え？」

「頼むよー。来栖に喋《しゃべ》らせるより広瀬のほうがいいだろ？」

「おい」

「女側の幹事は苑ちゃんとこの友達に頼むし、来栖なら立ってるだけで場が盛り上がりそうだろ」

「ちょっと。和真をエサにしないでよ！」

とにかく見てくれのいいこの男は、黙って立ってれば女にモテる。

「やるのはいいけど。俺、あんまりそういうの得意じゃないぞ」

「大丈夫大丈夫。苑ちゃん側の幹事がお祭り大好きな賑《にぎ》やかな子だから、任せときゃいいよ」

　小野田の晴れの日だ。

　私も和真も当然、断る理由はないけれど、ちょっとモヤッとする。

　ああ、私って本当、成長ナイ。こんなことでいちいちヤキモチ焼いたってしょうがないのはわかってるのに。そのモヤモヤが顔に出たのか、単純に気遣ってくれたのか。

「結も手伝って」

「え、うん。いいよ」

　たったそれだけのことで機嫌が直る私は単純だ。

「んじゃあ、もっかい。小野田にかんぱーい！　おめでとう！」

　がちゃがちゃとビールジョッキを合わせて、三人で一斉に呷《あお》る。ぷはあ、とオッサンくさいとこまで息が揃った時、はっと気がついた。

「ねえ。いいよって言ったけどさ、新郎側の友人スピーチに普通女が出てくる？　あんま聞かない気がする」

「え、あー……そうか。まずいのか？　苑ちゃんはぜひって言ってたけど」

「そうなの？」

「おう。会社で一番の友人ったら来栖と広瀬だろ」

　そう言われると、なんだかとても擽《くすぐ》ったいし、スピーチでもなんでもやってやろうじゃないかという気になるけれど、場を微妙な空気にしないかどうかが気になってしまう。

「もちろん、私が女だってことは言ってあるんだよね？」

「当たり前だろ。でもオッサンみたいな奴で気心知れててほんといい奴って……思ってるからつい、性別考えずに言ってたわ」

「……ちょっと。嬉しいやら悲しいやら複雑なんですけど」

「大丈夫。オッサンでも結は可愛い」

「おい」

オッサンを否定してはくれないのか！

私のオッサンキャラは、もう定着し過ぎて消えてくれそうにない。

「まー、いいや。小野田と苑ちゃんの判断に任せるよ」

「あ、じゃあ来栖と二人でやるとかは？」

「は？　いいけど、二人でスピーチってあんの？」

「お前らがやると夫婦《めおと》漫才みたいで面白いんじゃね？」

「それスピーチじゃなくて出し物でしょ」

「あ、っていうか、獅子原さんも結婚するって知ってたか？」

「「はっ!?」」

和真と私の声が重なって、小野田が目をぱちくりさせる。

「そんな驚くことか？　向こうにいる時にできた彼女、こっちに呼んで結婚するらしいよ。最初っからそのつもりで戻ってきたって話」

「「はあああああ!?」」

なんだよもう。本当に、単なる過去のアフターケアだったたってわけだ。


居酒屋で解散し、今夜は和真のマンションに二人で帰った。手にはコンビニスイーツの入った袋。ローテーブルの上にデザートを出して、感慨深く眺めた。

二人で作った、『秋のフルーツタルト』が今日からコンビニの店頭に並んだのだ。柿とオレンジのカスタードクリームと、アップル、二色の葡萄《ぶどう》、の三種類のミニタルトだ。

「ああ、やっとお目見えできた」

「試作品は食っただろ」

「そうだけど！　やっぱ店頭に並ぶのを見るのはいつも感激だよ」

紅茶のカップを二つ手にした和真が、キッチンから戻ってくると、私のすぐ隣に座った。

「にしても、なんだかんだ直前まであったよなぁ、これ」

「気候だけは読めないもん……異常気象怖いねー」

今年の夏は、異常な暑さで。いざという時になって葡萄《ぶどう》の不作が問題になり、材料が入らないことがわかったのだ。あちこちの農園に連絡して、二種類、色の違う葡萄《ぶどう》で収穫できそうな種類を探し、なんとか生産まで漕《こ》ぎ着けた。

「食べよ。私これ」

「それ、試作の時にお前食っただろ。別のにしろよ」

「えー。だってこれ、ほんとに美味《おい》しいんだもん」

「だから、俺にも一口くらい食わせろ」

三種類もあるので、試作も全部半分この予定だったのだが、柿とオレンジのカスタードクリームが私のツボにはまり、つい一人で完食してしまったのだ。

今日のところは、相談の上、全部半分こで落ち着いた。

「アップルも美味《うま》い」

「うん……でも最近、なんか、ちょっと太った気がする……」

「あー……大丈夫」

「ちょっと。適当なこと言わないでよ」

「ちょっとくらいムチッとしても、平気だろ」

「ムチッて言うな！」

ちょっと自制しなければ、とわかってはいるけれど、仕事柄、試食をしないわけにはいかないし、商品が市場に出た時はやっぱり買ってしまう。難しいところだ。

タルトを食べ終えた後、片づけようと思ったら後ろから和真に羽交い絞めにされた。大きなビーズクッションに寄りかかる和真の上に、凭《もた》れる形で大きな手が私の腰と胸に回される。

近頃の和真は、私の身体に触れるのに本当に躊躇《ためら》いがない。やらしい意味で触る以外にも、まるで私の身体の感触を確かめるみたいに触れてくる。

「結を抱っこしてると、なんか眠くなってくる」

「とか言って、すんなり寝ることなんて少ないじゃない」

「……そこはほら。男の性《さが》というか、義務というか」

「義務？　義務で抱いて欲しくないんだけど」

さっきから「ムチッ」とか「義務」とか、かちんかちんと乙女心を傷つけてくれる。悪気がないのはわかっているけど、和真は本当に言葉を選ぶのが下手《へた》くそだと思う。

正直、あちこち肉付きのよくなった身体を結構気にしているので、義務だなんて言われるのはショックだった。

むっとして腕を振りほどこうとしたら、逆にがしっと強く抱きしめられた。

「違うって。そういう意味での義務じゃなくて……」

「どういう意味よ。他に意味なんてないじゃない」

「もちろんお前を抱きたいって欲望もあるけど、それ以外に意識してスキンシップを取りたいって思ってるって意味だ」

本当だろうか。取って付けたようにも聞こえる。けど、私を抱いている時の和真から嫌々感は見つからないけれど。

「拗《す》ねんなよ。めんどくさい奴だな」

言いながら、私の耳に唇をつけ、クスクス笑う。とりあえず、本当のことだと一旦信用することにして……ダイエットは、始めよう。

そう決意を固めた私の腰を、和真の手がむにっと掴んだ。

「このムチムチ感がたまらないんだよな」

「だからムチムチ言うな！」

もう恥ずかしい！

涙目になりながら逃げようとしたけれど、首筋に口づけられて叶わなくなった。

こんな風に言葉の行き違いがあっても、私を抱く和真の手や唇が、本当に大切そうに愛しそうに触れてくれるから、彼のことを信じられる。

「んっ……あ」

「気持ちいい？」

位置を入れ替えて私をクッションに寝かせ、ブラウスをたくし上げた。和真の両手が私の胸を持ち上げ、中央に寄せられる。彼は壊れ物に触れているかのように、優しくキスを繰り返す。その度に彼の気持ちが私の中に流れ込んでくる気がした。

どうして、和真は私のことをこんなにも愛してくれるんだろう。今でもたまに不思議に思う。

「ねえ……和真ってさ、私のどこが好きなの」

「え？」

「聞きたい」

うざいとわかっていても、彼氏に聞いてみたい質問ナンバーワン。

でも、自分で言っててかなり恥ずかしい。

「んー……」

和真は何かを考えながら、私の胸の先をこりこりと指で弄《いじ》った。びく、と身体が跳ねて吐息が漏れ、頭の中にモヤがかかる。

「馬鹿みたいにお人よしなところとか、一緒にいて落ち着くところとか」

「口げんかしても？」

「けんかするから嫌いになる、とかじゃなくて……あー、一言では説明できない」

今、説明しなきゃダメか？

そう言いたげに、彼は私の胸に何度もキスをして、今は抱き合いたいのだと主張する。

もういいか、という気にさせられた。だって、口下手《くちべた》の和真に答えを無理強《じ》いするより、もっと愛情を実感できる方法がある。

「……キスしたい」

「ん」

「後で聞かせて」

「何、結局言わされんの？」

困ったように眉尻を下げる和真を見て、私はつい笑ってしまった。

さわ、さわと指で胸から肩の辺りを撫でつつ、和真が覆《おお》い被さってきて唇にキスをする。

心も身体も熱くする、私を強引に堕とした彼のキス。それは、私が心を開いて彼を受け入れる程に、蕩《とろ》けるように甘くなる。言葉よりよほど雄弁に、和真の気持ちを伝えてくれる。

だからこれからも、何かある度に、いや、何もなくても——

黙ってキスして。

書き下ろし番外編

兄、襲来

パソコン画面を見ながら、カチカチッとマウスをクリックした。

「トイレットペーパーと、洗濯洗剤……あ、柔軟剤も」

我が家のリビングには、隅のほうに小さな本棚と机を置いてパソコンスペースを作ってある。そこでぶつぶつと呟きながら、私はパソコンを操作していた。生活必需品のまとめ買いのためだ。月初めの休日に、家中をチェックしてインターネットで購入するのが習慣になっている。

「それと、ビールも一ケース」

カチッとクリックして買い物カートの数字が増えたのを確認した時、キッチンから追加注文の声がかかった。

「食洗機の洗剤も一つ」

「はーい」

和真の声に返事をしつつ、食洗機用洗剤を検索する。いつも使っているメーカーの詰め替え用が見つかって、それもカートに入れた。

キッチンから出た和真が近づいてきて、私の後ろからパソコン画面を覗き込む。

「ビール入れた？」

「入れたよ。いつものでいいよね。他になんかあった？」

「いや、大丈夫」

「オッケー。じゃあ購入確定」

ポチッと購入のボタンをクリックした直後、肩がずっしりと重くなる。背後から和真が両腕を絡めて体重を掛けてきたのだ。

「なあ、今日はどうする？　どっか出かける？」

「んー、冷蔵庫の残り物で適当になんか作ろうか」

「いいのか？　どこか食いに行ってもいいけど」

今、私たちは一緒に暮らしている。同棲しないかという話が出て、どうせならと二人暮らし用に広い部屋を探し引っ越したのが去年のことだ。

それからは節約も兼ねて自炊が基本になったので、お酒も家飲みばかりだ。同期で飲み仲間の小野田も結婚したし、外で飲む機会もめっきり減った。

「うーん……そうだなあ」

最近食べ歩きもしてないし、たまにはいいかな？

しかしながら、悩む最中も後ろからべたべたとくっついている和真が、耳へのキスや首筋への頬擦りをし始めた。

「本当に出かける気、ある？」

苦笑いをしつつそう尋ねると、彼は首筋で「うーん」と唸《うな》る。

「……やっぱり家にするか」

「言うと思った」

飲んでると大抵途中から和真がくっついてきて、なんだかんだエロいことに雪崩《なだ》れ込む。その時間を和真が特に気に入っていることは、言わずとも私にはバレバレだ。それが外ではできないから、というのも和真が家飲みを好むようになった一因ではないだろうか。

昔、来る者拒まず去る者追わず、クールくず男と言われた来栖和真はどこに行ったのか、とたまにしみじみと考える。

「作るの手伝うし後片付けは俺がやるし」

「じゃあ和真の好きなおつまみ作ろうか」

そう言って顔を横に向けると、和真が嬉しそうに笑って唇にキスをした。午後三時、休日の私たちにとってはありふれたいつもの空気。

それが突如、私のスマホの着信音が鳴り響いて破られた。

「結のスマホだ」

「うん、ちょっと待って」

パソコンのすぐ傍に置いてあった私のスマホに、通話着信を知らせる画面が表示されている。手に取って見ると、思いがけない相手だった。

「えっ？　兄ちゃん？」

「えっ」

登録名はそのまんま『兄ちゃん』だ。

二つ年上でたった一人の兄からだった。

義人《よしひと》兄ちゃんは、面倒見がいい。社会人になって二、三年程はマメに連絡があり、ちょくちょく泊まりにも来ていた。その頃は気づかなかったが、恐らく兄なりに私の心配をしてくれてのことだったのだろう。

私が二十代の半ばを過ぎた頃からは連絡も減り、お互いに付き合う相手ができるとさらに間が空いたりしたが、基本的には仲の良いほうだと思う。

近頃は、私は和真と暮らしているし兄も結婚を考えている彼女がいるそうで、そんな近況を知らせる短いメッセージを送り合った。今日、顔を見たのは実に数年ぶりだった。

「えー、兄の義人です。で、兄ちゃん、こちらが来栖和真さん、です」

リビングにて。私の簡単な紹介を経て、二人が互いに頭を下げる。

「初めまして、来栖和真です」

「義人です。妹がお世話になってます」

ニカッと愛想のいい笑顔を浮かべる兄に比べ、和真のほうは珍しく緊張が顔に出ていた。

私は不意にあることを思い出し、つい二人の足元を交互に見てしまう。二人の股下を。

五……いや、やっぱり十センチ差くらいか。

「まあまあ、とりあえず座って」

そう言ったのは、なぜか図々しくも兄のほうだ。私はパッと足元から目を離し、兄の顔を見る。

「なんで兄ちゃんが言うのよ」

「いや、だってなんか緊張してさ」

「いきなり来たのはそっちでしょ」

本当に緊張する人間はこんな風に襲撃してはこないと思う。

「いいだろ、たまたま近くに来たから、ついでだよ。一度実家に顔出したって聞いたけど、俺はそん時行けなかったからさ、気になって」

「だからっていきなり『駅にいるんだけど今から行っていい？』はないわ。もうちょっと早く言ってよね」

そうなのだ。この兄から電話があったのはほんの十分前のことだ。その時にはすでに最寄り駅にいたので、来るなとも言えなかった。

ぽんぽんと軽口を言い合っていると、和真が私の肩を軽く叩く。

「座ってろよ。コーヒー淹《い》れてくる」

「あ、ありがと……」

私が淹《い》れるから、と言おうと思ったが、すぐにやめて甘えることにした。私がキッチンに引っ込んで和真と兄を二人にするほうが気まずかろう。

和真の姿がキッチンに消えた途端、ダイニングの椅子を引いて座りながら兄が私を手招きする。向かいの椅子に座って兄へ顔を寄せると、兄は内緒話でもするように口に手を当てて声を潜めた。

「母ちゃんから聞いてたけど、噂に違《たが》わずイケメンだな」

「ああ、うん。まあ……イケメンだね」

お母さん、兄ちゃんに何を言ったんやら。

同棲を始めて少し経った時、和真を連れて一度実家に帰ったことがある。確かにその時、母は若干はしゃいでいたが。

「なんだよ、あっさりしてんな。美人は三日で飽きるっていうけどそんな感じ?」

「え？　いやそんなことはないけど。顔のこと言われるとピンと来なかっただけで」

しかし言われてみれば、和真のイケメンぶりは見慣れてしまったので、三日で飽きるという言葉もあながち間違ってもいないのではないかと思う。

和真のいいところは、あんなクールそうな顔でたまにヤキモチを焼いたり拗《す》ねたりと子供っぽい自然体の表情を見せられるところだから。

「あんな顔してるけど気取らないし、遠慮なく言い合いすると面白いよ。頭の回転早いからテンポいいし」

「……あんな顔してるけど」

「うん。あんな顔してるけど、素は結構面白いの」

クールで余裕ぶっててヤな奴だなーって思っていた時期もあったなあ、そういえば。

あの頃は、和真とこんな風になるなんて夢にも思っていなかったけれど。

◆和真side

――あんな顔、あんな顔って。

トレーにコーヒーカップを三つ乗せてリビングに戻ると、兄妹がボソボソと言い合っていた。声を潜めちゃいるが、しっかり聞こえる。

「どういう顔？」

苦笑いしながら割り込んでそう尋ねると、よく似た顔が二人、ぐりんっと勢いよく向きを変えて俺を見た。

よく似た兄妹だな、と思う。顔立ちはもちろん結よりも男らしいが、やはり表情の作り方がよく似ているのだ。

人当たりが良く、サバサバとした話し方もどこか同じような空気をまとっていて、俺から見て義人さんは好感の持てる人物だった。

「結って、結構がさつだろー。酒の飲み方もオッサンみたいで可愛げないし」

義人さんが笑ってそう言ったのは、結がトイレに立った隙のことだった。一瞬カチンときたのだが、よく彼の顔を見ていれば愛のある言葉なのだとわかる。兄妹なんだから、普段からこんなものなんだろう。

ただ、俺としては彼の言葉に一点、どうしても聞き捨てならないところがあった。

「がさつでオッサンみたいなところも、可愛いですよ。結は」

確かに酒の飲み方はオッサンだ、そこは否定しないが、美味《うま》そうに機嫌よく飲んでる時の結の笑顔はとても可愛い。

「自然体で飾らないところが結の可愛いところだし」

変に気取ってない、誰に対しても変わらないのが結の良いところだ。

冷静に考えれば、義人さんも妹のそういうところを知っていて当然なのに、つい彼に主張するように言っていた。

彼は数秒、俺の顔を窺《うかが》ったあと、急にニヤッと口元を緩《ゆる》めた。若干、嬉しそうに見えるのは気のせいだろうか。

「自然体、ねえ。さっき似たようなこと、あいつも言ってた」

「結が、ですか」

「そう。来栖君の、素の部分が面白いって」

……それは、誉《ほ》め言葉なんだろうか？

首を傾《かし》げながらも、結のことだから貶《けな》したりするつもりがないのは確かだ。

「まあ、お互いそうでないと長く一緒に居ようとは思えないですしね」

「ってことは、結婚も考えてんの？」

「はい。具体的な話はまだ出てないですが、そう遠くないうちには」

プロポーズもまだしていないが、お互いに先のことを見据えているのは会話の端々からわかる。

急いでいるわけでもないが、年齢的なことを考えればそう何年も後にはしたくない、と俺は考えてはいるが。

「じゃあお互いにちょっと時期を打ち合わせようぜ。俺もぼちぼち結婚の予定なんだ。立て続けってのもなんだろ」

「ああ、確かに。式の日取りが近すぎるようなことにはならないほうがいいですね」

「ってか、結は結婚式とか嫌がりそうだけどなー！」

会話のペースをすっかり握られ、なぜか結抜きで結婚式の話になってしまった。しかし、彼の言う通り結は式を挙げるのは嫌がるのだろうか。

「……俺は、見たいんですけどね、ドレス」

「あいつの場合、嫌っていうより『恥ずかしい』とか『照れる』とかそういう理由だろうから。嫌って言っても説得してやってよ。本当は着たいはずだからさ」

頬杖をつき、目を伏せて笑う彼は優しい兄の顔をしている。

「妹の晴れ姿は俺ももちろん見たいしな」

「できれば洋装和装、どちらも見たいですね」

「当たり前だろ！　カラードレスも捨てがたいな」

……この人、もしかしなくてもめちゃくちゃ妹のことが大好きだな。

話をしていれば、結のことを本当に可愛いと思っているのが伝わってくる。思えば、妹の家に着替えを置くくらいに以前は泊まっていたようだし、わざわざ急に訪ねてきたのも、妹可愛さに彼女の選んだ男を品定めしたかったのだろう。

「ちょっと……どうして私抜きで私のドレスの話になってんの」

いつのまにか戻ってきていた結が、呆れたような顔で俺たちを見下ろす。ほんのりとその頬が赤く染まっていた。

◇結side

兄ちゃんの勝手な会話のせいで、何やら急に結婚の話がリアルになってしまった。私がトイレに行っている間に、なぜか私のドレスの話になっていたのだ。

いつか結婚する時には、挙式なんて私はこだわらないし、ただ家族との兼ね合いもあるからしたほうがいいかな、くらいにしか考えていなかった。ないほうが楽かな、くらいだ。ドレスは着てみたい気もするが……みんなの前で披露するのは柄じゃない。恥ずかしい。

「あー、結局兄ちゃんは何しにきたんだろ」

夕方、ご飯でも食べていくかと誘ったのに、兄はさっさと帰ってしまった。テーブルの上に残ったコーヒーカップをトレーに乗せながらぼやいていると、和真はさも当然というように笑った。

「んなもん、俺の品定めに決まってるだろ」

……やっぱりか。兄ちゃんめ。

手を止めて、傍に立つ和真を見上げる。

「ごめんね、なんか嫌な思いした？」

「いや。妹思いの良いお兄さんだった」

優しく微笑むその表情から、どうやらその言葉は嘘ではないとわかり、ほっと安堵した。

「……二人でなんか式の話で盛り上がってたしね。そういえば」

ははは、と渇いた笑いを漏らしながら視線を逸《そ》らす。すると、不意に頬に温かい手のひらが触れた。

「嫌か？」

「うーん……式は嫌って程じゃないけど……」

「そうじゃなくて」

大きな手が、やんわりと私の顔を彼のほうへ向けさせる。目が合った瞬間、真剣な空気にいつの間にか変わっていたことに気がついた。

和真が、熱のこもった目で私を見つめ顔を近づけてくる。鼻先が触れ合うくらいの距離で止まると、吐息が私の唇をそっと掠めた。

「結と、結婚したい。嫌か？」

どくん、と心臓が跳ねた。それから、とくとくとくと早鐘のように鼓動が高鳴る。

もう一緒にいるのが当たり前になって、この先の未来もきっとずっと一緒だろうなって思っていた。

——当たり前。

そう自然に思えることが幸せだったし、それでいいと思っていたけれど。

「……嫌なわけないでしょ」

言葉にした拍子に、ぽろっと涙が目尻から零れていた。やっぱりプロポーズというのは女にとって特別なもので、私も例に漏れず感動してしまったみたいだ。

「うれしい、けど、なんか恥ずかし」

涙を誤魔化して笑おうとしたけれど、和真が目尻に残った水滴を舐め取った。そんな優しい仕草を見せられると、余計に止まらなくなってしまう。

ぽろぽろぽろと零れ始めた涙を隠して俯《うつむ》くと、和真が片手で私の腰を抱き寄せる。私は慌てて和真の胸に顔を埋《うず》めた。

「うー……ちょっと、待って、ほんとに」

「なんで。何を待つんだよ」

「涙が止まって顔の火照《ほて》りが落ち着くまで！　恥ずかしい」

「結、俺を見て」

そんなことを言われても、和真の顔を見ようと思うと私の今の顔も彼に見られてしまうじゃないか。

涙が止まらないし、顔も耳も火照《ほて》っている。しかし、和真が手でやや強引に私に顔を上げさせた。

見上げた先にある、和真の表情に私は思わず息を呑む。

「……すげー、俺も嬉しい」

そう言った和真は私に負けず劣らず真っ赤で、蕩《とろ》けるような笑顔を浮かべていた。

「ずっと二人でいるのは、当たり前だと思ってた。けど、言葉で返事をもらったらなんか感動した」

どうやら、私と同じ心境だったらしい。

二人でいるのは、当たり前。だけど、言葉で確かめることで幸せは倍増する。

「……ひどい顔」

「お互い様だろ」

お互い、他人にはとても見せられないほど幸せに溶けた顔で、唇を寄せる。触れ合う直前に混じり合った吐息さえ、熱く甘いような気がした。

結《ゆい》は、同期の来栖和真《くるすかずま》と犬猿の仲。涼しい顔で次々に成果を上げる彼を勝手にライバル視していた。でもある時偶然、彼が恋人と痴話げんかをしているのを目撃！　お節介心が働いた結は勝手に来栖の相談役を買って出ることに。そうこうするうちに、彼の結に対する態度は甘いものになっていって……

B6判　定価：704円（10%税込）　ISBN 978-4-434-29385-6

当社より単行本として刊行されたものに、書き下ろしを加えて
。

する皆様のご意見・ご感想をお待ちしております。
お手紙は以下の宛先にお送りください。

【発
〒 1 -6008 東京都渋谷区恵比寿 4-20-3 恵比寿ｶﾞｰﾃﾞﾝﾌﾟﾚｲｽﾀﾜｰ 8F
(株) アルファポリス　書籍感想係

メールフォームでのご意見・ご感想は右のＱＲコードから、
あるいは以下のワードで検索をかけてください。

アルファポリス　書籍の感想　検索

ご感想はこちらから

エタニティ文庫

今夜《こんや》、君《きみ》と愛《あい》に溺《おぼ》れる

砂原雑音《スナハラノイズ》

2021年10月15日初版発行

文庫編集－熊澤菜々子
編集長－倉持真理
発行者－梶本雄介
発行所－株式会社アルファポリス
〒150-6008 東京都渋谷区恵比寿4-20-3 恵比寿ｶﾞｰﾃﾞﾝﾌﾟﾚｲｽﾀﾜｰ8F
TEL 03-6277-1601（営業）　03-6277-1602（編集）
URL https://www.alphapolis.co.jp/
発売元－株式会社星雲社（共同出版社・流通責任出版社）
〒112-0005 東京都文京区水道1-3-30
TEL 03-3868-3275
装丁イラスト－芦原モカ
装丁デザイン－AFTERGLOW
（レーベルフォーマットデザイン－ansyyqdesign）

印刷－中央精版印刷株式会社

価格はカバーに表示されてあります。
落丁乱丁の場合はアルファポリスまでご連絡ください。
送料は小社負担でお取り替えします。

ISBN978-4-434-29480-8 C0193